隐约看见大海的颤动

张幸福 著

长江出版传媒

长江文艺出版社

一个与一个

——序张幸福诗集《隐约看见大海的颤动》

李一鸣

一个人一生会驻足多少地方，遇见多少人？

有的人生活是如此简单。故土里爬，故土上长，一生没有离开那片土地，所见所交是那村庄里的人，死后又埋到家乡的大地下，成为那块土地的一部分。

有的人就丰富缤纷得多。离开家乡，就像自由的鸟，翅膀下是无垠的大地，无尽的村落、城池，无数的栖枝。多少的人，多少事，过眼烟云。阅人无数，饱览风物，是他们人生的代名词。

还有许多人，他们的生活轨迹大略如此：童年的瞳仁里，显影父母乡亲的影像；阳光灿烂的少年，是故土学堂的时光；青春的身影，跃动在大学的讲堂、绿地和操场；自别母校，他们就常驻一个城市，工作于一个单位，偶尔会去外地出差、游走，但惯常生活在身边的，除了家人，不过就是三五好友、十百同事。

你所经历的地方，有几处令你刻骨铭心？你所遇见的人，有几位让你心头萦怀？

几年前，我从齐鲁来到京师。

二十六年了，多长的时光。大学毕业，乘坐从济南到滨州的长途汽车咣当咣当一天，才进入北镇城内。驶过渤海八路、七路，恍惚中是走过了济南的历山路、山师东路。从留校几成定局到突然改变去向，志得意满的气球，经不住一针的戏刺。一切转眼成了泡影！泪光就是在那时悄悄朦胧了眼睛。暮霭中，路旁稀疏的柳树下，吃过晚饭的人们悠闲地摇着蒲扇，拉呱闲谈；或是推着童车，慈爱地守护着宝宝的童年。那时我曾暗自思忖：他们怎么会甘心在这里待一辈子？

如果不是一份面向全国的招聘启事，自己也就在齐地度过余生了。

十五年滨州黄河岸，十一年烟台大海边。认识的人，上万；打过交道的，几千；密切交流的，数十；知心的，又有多少？我的山东兄弟。

而美好的青春，泼洒在那块土地；成长的身影，跋涉在那块土地；泪水、汗水、血水，滴滴浸润于那块土地。爱过、恨过，期盼离开而又充满不舍的那方土地。

而他的童年是在福建霞浦小村度过的。乡风朴实，亲情温暖，长空静美，大地葱茏，雨水淅淅沥沥，溪流潺潺淙淙，牛羊娴静，鸟鸣嘤嘤，他与世界会心相视，心灵中氤氲平和的风。20岁，意气风发的他步入省城，福州大学建筑系向他奏响了石与瓦、光与影、结构与意境的旋律；后又踏入静谧的清华园，书、画、印等古典之美的光，照亮他的生命。他或常忆第一本诗集《阳光青青》出书的时刻，二十多岁的生活充盈阳光；也会回眸组诗《水手》荣膺全国新诗大奖赛校园诗人奖的时分吧，那时的日子多么青葱；他也不会忘记与老诗人蔡其矫共同发起成立福建省诗歌朗诵协会的日子，年轻的副会长兼秘书长青春的脸，好不生动；他当然忆念骑自行车从福州到北京长达28天的行程，风里、雨里、阳光里……又怎能忘却，第27届青春诗会的场景，那激昂，那婉约，那诗的芬芳。

人生充满偶然，人生何尝不是一场大偶然。

2013年，我们俩的人生产生了交集。

鲁迅文学院，白底红字的院牌旁，一个黑壮如齐鲁塔松，一个安静似闽南新榕。

鲁院，青年作家心中的远方。

奔向鲁院的路，不平坦。

怎会想到，一个似乎远离文学很久的文学中年，跋涉二十多年后，遇到了回归文学的机缘。中国作协以宽广的视野、博大的胸怀，在众多奔行而来的作家、评论家、编辑家中选择了最不被看好的那个，从此他的职业生涯与服务中国作家密切相连。

……无数前辈曾在这里耕耘，无数名家曾在这里成长，无数新秀曾在这里诞生。从丁玲、张天翼，到贺敬之、雷抒雁，一代一代文学大师、教育前辈，筚路蓝缕，以启山林，在鼓楼、在八里庄、在芍药居，开辟一座又一座家园，建构起鲁院巍峨的物质和精神大厦。

郭沫若、胡乔木、周扬、茅盾、郑振铎、叶圣陶、老舍、曹禺、艾青、何其芳、张天翼、田间、曹靖华、赵树理、冯雪峰、光未然、刘白羽、柳青……一个个闪光的大家走上鲁院的讲台。

马烽、唐达成、邓友梅、徐光耀、陈登科、玛拉沁夫、蒋子龙、叶辛、王安忆、何建明、张抗抗、周大新、莫言、余华、刘震云、迟子建、麦家……一个个作家在这里成长，当代文学从这里出发，迎接喷薄的黎明。

缘此，这里被冠以作家的摇篮、文学的殿堂。

一个学文学的人，能够把职业、事业与生命融为一体，为当代文学事业奉献绵薄，谁言不是人生的幸运和幸福，命运的眷顾和垂青？

到鲁院研修的中青年作家，无不铭刻了许多艰行的记忆。

向往、报名、排队、等待，等待、等待、等待……一期、又一期、再一期……一年、两年、第三年……有的头发等白了，也没能叩开鲁院的大门。

2013年5月，49名中青年作家脱颖而出，从全国各地，跋涉千山万水而来，来到期待已久的鲁院芍药居校区，这个宁静安闲的园子，红尘中的一方净土，闹市里的一个憩园。

心无旁骛的阅读，沉浸浓郁的涵泳，撷华摘艳的覃思，如切如磋、如琢如磨的交心，且行且思、且珍且惜的步履，吟安一字、拈断数须的苦思……

思与思的碰撞、诗与诗的交融，传统与现代的对接、诊断性研究与方向性发展的融通……

追远溯源，聆听音色清晰的经典，捕捉远古的回音；沉潜文丛，寂然凝思，探寻文学未知的秘境；清夜独坐，一桌、一椅、一笔、一纸、一键盘、一屏幕，一腔心绪，一幅剪影……

那剪影里有一位来自福建的诗人。

温和、温情、温厚的张幸福。

踏实、朴实、真实的张幸福。

生命和诗歌融入大海的张幸福。

阅读张幸福，仿若读大海，读生命，读人生，读世界。

《海螺里有多少惊涛骇浪翻滚不息》《那是一整片一整片大海的呜咽与哭泣》《爱是船沉下后静静的水面》《我的书架上挂满海浪的笑声》《一滴水一转身摸出一堆盐》《如果让我成为缓慢的珊瑚》《我所

经历的沧桑已全部忘记了我》《我提起整座大海的澎湃》《我在黑色的午后用渔火引爆光芒与声响》……

那里有巫性。黎明前的黑暗时刻，现代人的孤单感、忧虑感、艰难感、恐惧感、无望感，在大海扭曲、挣扎。

那里有神性。人类对光明、对美好、对未来的追求，在波浪里盘旋、汹涌、升腾……

那里有诗性。魔幻般的原始想象在澎湃，陌生感觉在偾张，灵性思维在闪光……难以言传的表达，使人体味心灵的激动，体味人的精神的成长、体味世界的神秘和本质所在。

那里有一个骑在波浪上的诗人，浑身金光闪闪，有着大海的斑纹。

此刻的我，又与他相遇在诗中。

我看到了自己走过的路、见过的人、经过的事。

我看到那个少年波澜的生命、壮阔的人生。

我看到了平与奇、少与多、弯与直、因与果、偶然与必然。

我看到了一个和一个，一个和万千——

那全部的世界。

李一鸣：中国作家协会办公厅主任、鲁迅文学院常务副院长。

目录

contents

大 海

长诗：打捞与敦煌泪

波涛上的朗诵者

创作谈

大海

黑　锚

锚是船的一只手。青黑的爪，铁链一滑
哐当一声，船慢慢就抓住了海的身体。
每当我累了，就渴望有一个锚，
黑着脸，紧拽我，哐当一声，
慢慢抓住漂泊的生活，让它缓慢下来。
这锚，拉着我的血肉，或者欲望。
它让你疼痛。当然，也让你滑不到
更深的漩涡。

被海洋秘密的火焰温暖

一个衰老的人停留在海上。这个清晨，
如果打捞起昨晚死去的黑夜，它是红色的。
巨大身躯上毛茸茸的刺，已经收拢。
那些在大风里留下的伤痕，有书舞蹈。

这个清晨，在海面，孩子们欢呼雀跃，
他们已经和海洋交换过灵魂。

这个清晨，一艘沉船打开了自己的船眼睛，
一群新生的阳光清澈见底，
一个衰老的人会永远停留在海上。

海上明月

多么浩大的月光！
多么浩大，当三只蚂蚁亲吻少女的白乳房，
远处瘦小的钟过三个时辰才会鸣响。
多么浩大，当珊瑚吐出隐秘的珠宝，
破墙上的小广告和门牌上的字都穿上蓝衣裳。
多么浩大，谁在碧绿的血液中砸碎了银？
被报废的拖拉机在黄土路上褪下了铁锈。
这月光，
是怎样骑着褐色的水滴奔跑，
是怎样走进敞开的石头手抓一夜的霜。
这水滴，
是怎样滴进被闪电照亮的民族的脸，
双手捧出残船处女般的寂静。
这寂静，
是怎样倒进了一大片镜子，
在渐渐转暗的小渔村里煮熟自己的血。
这血，
是怎样脱掉月光的白外衣，
舔掉月亮体内的疤痕，黏糊糊的裂纹。
此刻
又是怎样的大风把我吹拂，怎样的怀念是爱？

为了活下去今夜必须喝下三大碗的月光
我徘徊在沙滩上，看珊瑚缓慢成形
当海腥味爬满月光的枝条，
当我依旧对一条鹦鹉鱼的妊娠纹怀有深情。

海水漫过艰辛的生活

这个季节　有人说是春天
但雪还飘在北京的上空
我与儿子一起踩过昆明湖的冰
冰已成绿色
远方　霞浦的沙滩灰色茫茫
波浪不停地把自己的根移动到礁石上

冰在下　人类在上　飘荡着无助的魂灵
此刻艰辛的生活又一次呈现
逼迫我把书房的十字架放在生活的指尖
低下曾经高贵的额
看着一群海风手牵手

海浪　海浪
在你怀里我的光阴上下翻飞
而我　今夜躺在命运的怀里
是一只受伤的小兽

海水就这样漫过艰辛的生活
生活应该继续　海浪平静
在空旷的时间面前

还必须闭上盐苦涩的嘴唇
让歌唱还在寂静里熟睡

海螺里有多少惊涛骇浪翻滚不息

把一粒黑暗转过来
是光明和光明下
灿烂的笑容

把一粒水滴转过来
是雨露和雨露下
生长的鱼群与庄稼

把一粒沙转过来
是爱情和爱情里
温暖的思念与疼痛

把曲折的海岸线烙进海螺的花纹里
把永恒的时间写进海螺的沧桑里

作为整个大海的回声
海螺里有多少惊涛骇浪翻滚不息

当你轻轻吹动海螺
灵和肉会歌唱
那是一整片一整片大海的呜咽与哭泣

有一只鲸庞大而又沉重地下沉

如果水里有了一只鲸
庞大而又沉重地下沉

如同我来到了这个世界
要哑掉内心的火苗
要变成一条失语的河流

如同我看见阳光沾满盐潮湿的泪水
栖息在海浪的乳房上

要弯曲
要沉默并且忍受

如果海水里的这头鲸
和我一起

推开波浪锈迹斑斑的窗户
把盘旋在窗台的那道闪电推远

那就让我心中的帝王和这头鲸重现大海

父亲的温暖

父亲　你是否曾经如我今夜被海水覆没
月亮下山了　我在那个少年居住的船舱
是不是你曾经起伏的家园

父亲　我可以让渔船上的鸟鸣
肆无忌惮吗
一个手势
你的温暖火热电击我
让我看见了更芬芳的事物
在你曾经经历的地方重演
快沸腾了　快了
父亲　海水好烫好热

抱住我　父亲
而后拍着我的肩膀说
一起回家吧　兄弟

暮色和一个飘在海上的死婴

暮色和暮色里的小小尸体
看着我。
起起伏伏，
慢慢暗了。
水里漫山遍野的叫喊
暗下嗓子。
灯塔从白转红，
一艘木壳船逐渐暗成了黑点。

一整座大海轻拍着暮色与荒凉。

桃花珊瑚

还是会这样怀念你　躺在我怀里早夭的姐姐
海水镀过我们红色的心脏
你的手　握在我的手心　冰凉无力
那个遥远的黄昏　大地模糊　远方寂静
灵魂是一口苍凉的井　你在井内
我在井外

还是会这样思念你　远在天堂的姐姐
活在爱与恨深处的姐姐
海和你的娇躯一起　在安静里凝缩住
惊涛骇浪
我们会这样永远在无望中澎湃这伟大的蓝色吗
姐姐　天边第一颗星忘记燃烧
我们居住的渔村今夜没有狗叫

不止一次这样回味你　姐姐
你戴上金色的帽子在黑色的岛屿上
盐　白沙滩和螃蟹遗留在沙滩上的痕迹
和你看着我说"地方支持中央"的表情

姐姐　我想轻轻移动着这些往事

在你不再伤心的时候　轻轻地移动着
如同天空移动云朵　草原移动羔羊
轻轻的　不留伤痕

宝贝 在我死去之前

宝贝，在我死去之前，
请脱下你的灯绒大衣，
换上渔妇的旧衣裳，
在海风吹拂的石头屋中，
当我一天的海上新娘。

宝贝，在我死去之前，
请让我安静告别城市的虚荣与羞耻，
和你肩并肩荡漾在一艘小舟中，
功名与沧桑，爱恨与情愁，
如同重担样放在岸边。
今夜，在我死去之前，
我是你粗壮的渔夫，
放四次网，收四次网。

宝贝，在我死去之前，
请你为我点燃微弱的渔灯。
远处的灯塔若隐若现，
又是抬头看见满天星斗的夜晚，
你靠着我，我抱着你，
在我死去之前，

你是爱我爱得筋疲力尽的爱人，
我是爱你爱得无怨无悔的过客。

宝贝，在我死去之前，
大海依旧敲打着礁石。
那澎湃而起的巨响，
多么像你男人一次次空空的梦想。
鱼儿飞起，彩霞满天。
天亮了，亲爱的，
我们将脱下一身的疼痛，
把命和命连在一起，手拉手，
一会歌唱，一会沉默。

宝贝，在我死去之前，
我们终于又看见了大海

2006年2月26日在海边写下的言辞

你可曾听见我的万里忧伤碧绿，
现在抵达终点。
距离十五年之后，我遍体鳞伤，
再一次来到这里。

黑礁石依旧黑着脸，熟悉也陌生。
其实一路上我已看见了自己的爱，
在海浪的脸庞边。

我是那样依赖这蓝色，
水滴上，我相信过石的坚硬。
只要能呼吸，肩上的脑袋还可以转动，
我以为，就可以伸手接住风暴倒挂的大雨。
那艘沙滩上躺倒的　衰老的　被白绳牵着
一动不动的老船，还是在最后的时刻抓住我：
你的命是我的命，我要你脱下了。

现在我又来到了你的面前，
我的万里碧绿忧伤，
在非洲巴塔　在张家界　在漳州月亮湾
我是那样眷恋你。

泪水可以洒在远方的船只上，
我的生命从山村开始，经过海洋抵达城市。
我的结束是内心的结束；
我的开始是我儿子的开始。

二十五岁我曾经写下墓志铭：
"在风暴的中央，这个人努力用手心护住烛光"
而如今能遗留的都是我所不知道的，
又都是我所热爱的。

依旧是十五年前的海水；
依旧是十五年前的沙滩；
依旧是十五年前的大风；
依旧是十五年前的怀念。

该结束的应该结束；
该开始的还是开始。

一首渔歌的草稿

教堂起初是光秃秃的
就仿佛开始生活的民族 赤裸着上身
黎明之血还未溅上冬天面颊
月光是悲歌的另一个远方

"就一般建筑而言 它是工程学
熟练技艺的结果 并不是少数艺术家
冒险心理的产物"
大地已经挖掘不出更多的美
石块 连同建筑
在身躯沉淀下孩子的笑容
树木依次打开蓝色的雨点

此刻 我穿梭人生漆黑的深夜
对于生活 我们是多么的辛劳
又将如何自豪 太多缘由
贴近一尾鱼失败的眼神
一群呐喊 在飞身跃进生活时
还留下船下沉的嚎叫

在渔谣诞生的夜晚

时间在海边倒挂悬起
鲸从昨天夜里到今天黎明
始终默默对着石流泪

这时　教堂随即布满这个民族
成为行进道路上最突兀的形象

用海水喂养自己的一生

出生时你在我身边
现在我开始老去

距离死亡还有一截不长不短的路
中间隔着你

从童年到儿子的童年
海面上
人群从白到紫
从紫回到白

为什么把我从海边拨进城市
仅仅让我用海水与彩虹喂养自己的一生

勇　气

船是一座漂浮的坟墓。
大海压低死亡的嗓音
冰冷如光亮的钢铁。

一个人坐着，凝视苍白的光线
风使海浪旋转，倾覆着船的躯干
犹如倾覆一堆小垃圾。

恐惧正在成形，在最黑暗的时刻，
依旧被水手读出。
一小片云与礁石一起，黑点一样安放在
开阔的海面。

太阳，正沉入海的四周。
一个黑衣的人为他端来死亡的果汁，
你举起逆着衰老的光线，但只持续了片刻。

饮料的红色照着他的脸庞。海浪更加疯狂。
渐次晦暗，"还要热爱，要对生活说是"
在这轻易的黄昏中，一片绵延的蔚蓝色
犹如这朴素的事实已经足够并将持续。

"还要热爱，要对生活说是"。
一个个年轻的渔夫，
爬上岸时刹那间褪去年轻的容颜
他们终于学会了面对一切事情，
是的，面对一切困难不再胆怯。

此时，大海在远处流动着安详的时光

三亚的回忆

深潜　姐姐
我喜欢在你深情的眼神里
成为一只深陷海水的五彩鱼
与珊瑚拥抱　和窒息搏斗

我喜欢在你的额头
雕刻一首瓦蓝瓦蓝的歌
让一个个八元钱的椰子
如少女们投入你的怀抱

姐姐　在三亚的沙滩上
那一阵一阵迎面而来的风
多么温暖　多么清新
你说整个人就这样小了
而我在多年后才明白你的苦心

三亚依然坚守着波浪的高贵
被依次折起的一朵朵笑容
典藏寂寞
渴望飞翔的我重新回到了大地

在远离三亚和你的孤独中　姐姐
我会悲伤但又保持着红润的呼吸

我在波浪里被烫出一身风暴

这些年，我跑跑停停，莽撞如一只熊；
这些年，我抱着肥胖的海蛎一事无成；
这些年，我看见的太阳流出长条黄金；
这些年，我困在自己的小屋里抽烟并思念着你。

这些年，总有人点燃一团火，
在波浪里把我烫出一身风暴：
你这只飞翔的白鸟，看你能折腾几个大海。

波浪石

你是我看见大海千年祈祷之声的痕迹
你是我彻夜不眠后在清辰时分怀念的使者

你和我都被天空的雷电击伤　又被大水淹没
你和我一样都深陷在爱情的泥塘中一脸无奈

你苦楚的皱纹如今是刻在这石头上永远的温暖
我日渐衰老的面容已经被沧桑堆砌在青春边缘

你和我都行过死亡的幽谷　在人群的背面流泪
你和我都怀疑过生命的意义　绝望地看着日出

你从大海的深处而来　而今你寄居在丛林中
你和我拥抱在一起跪在通往天堂的道路上

你是我夜夜从心底浮现出的歌声　永不停息
我是你日日在黑夜里闪过的背影　直到永远

波浪上的骑手

黎明。
海醒了。
满手白马。

这是一个秘密，如果把眼睛浸在海中央，
你将不得不惊叹着它们的整齐与速度：
快，再快些！有人在高处呐喊着。
一大群桀骜不驯的白马，沿着波浪的脉纹，
向东狂奔。

此时，是弯成弧线的大头针，
框住了马头。

也许，大海浩瀚的肉里埋藏了
一根线，死死拽住它们嘶鸣的方向。

在晃动的灯塔和起伏的浮标里，
我的血是最好的骑手，
和波浪奔腾在海面上。

残 船

被大海痰一样吐出时间的门外。
看见这艘残船是在黄昏，两只苍鹭飞过，
将命运的悲伤连同粪便落下。四肢脱臼，
腐烂的橹只剩半截。残船躺在沙上，
摇不动什么了，等待腐烂成为唯一的结局。

被停止的连同残船昂首破浪的渴望，
它努力保留着眺望大海的骨架，
像一只被剥皮的虎，血淋淋保持站立的姿势。
一切将是徒劳。它的静止是针里寂静的疼痛，
时间把死压进它的身体，随手又提走它的血。

整个黄昏我一直打量这艘残船。当我老了，
也被大海痰一样吐出时间的门外。

谁会在大海巨大的阴影中，再看我一眼。

血　缘

春节的影子开始临近，我和母亲在菜市场
缓慢移动。人群面包一样水中分散
又聚集。我们要购买海鲜丰富春节的厨房。
像石头打量风，去摸摸乌贼或者马鲛鱼的脸。
市场是一朵白昼开放的海浪，在布满人群的走廊里。
一个卖鱼的女人，头裹在床单里面，饱经风霜
说话就如同一个被砍下来的鱼头在泡沫中呼吸。
"1斤14元"，红头巾下皱纹密布的嘴张着
她黝黑的皮肤上沾些鱼鳞，偶尔还闪亮。
"12元吧"，鱼腥味慢慢扭动细小的波纹
一丝丝铁针般的空气，弥漫在市场拥挤的上空。
像一个被砍下来的鱼头在泡沫中呼吸，这个
卖鱼的女人，突然宣告与我之间存在着远亲的事实。
"应该叫表姑"，她语气肯定，打开血缘秘密的决心
也很坚决。我，一个从远方回家的人，和卖鱼的女人
身上流着相同的血，血中敞着窗子，居然朝向同一片大海。

一滴水一转身摸出一堆盐

我一直想摸出大海的斑纹。伸出一个手指，
与一头海象相爱的鸟一起弓着腰，爬过云朵，
哆哆嗦嗦摸出了一小点白色的声音，
它曾在礁石上模拟合唱队沙哑的和声。

伸出三个手指，三群鱼绕过悬崖逆时针返回。
一群全身长满红色叶子，它来自天堂。
一群刚躲过愤怒的海啸，游进火焰石嶙峋的骨头。
还有一群死者呼吸，并学会在星光下朗诵。

当我摊开了双手，把十个手指朝向天空，
海水们纷纷脱下蓝大衣，摇晃着又苦又小的泪水，
它们一转身就摸出一堆洁白的盐
——那是我在台风中把血丢失的兄弟们。
现在他们扬帆驾船，从我的书桌上漂流而下，
浑身金光闪闪的彩虹就是我所摸到的大海的斑纹。

我的眼里游弋着一群格陵兰鲨鱼

壮阔的山脉若隐若现。

她们故意走岔路：
这群海里缓慢的雕像，
以婴儿爬行的速度穿过我的眼瞳。

她们的皮肤是半湿的毛毯，
披覆在被侵蚀的赭色石上。
柔润的鳍缓慢拍打着水面，
仿佛一支带羽翼的衰老舰队。

她们胃中的海豚与海豹，
整只驯鹿和半只北极熊，
将在因纽特人的油灯上心怀感恩。

在我的眼里，这滴露，这道光，
从耳环变成水珠，
从猛兽蜕变成山的二孩子。

抵　达

有些鸟习惯和微微荡开的红波浪出现在清晨，
看一只海螺转动垂直降临的阳光。听，
它拍裂额头和浪细声交谈。另一种声音正抵达。

如果我们找不到大海，就总会在中午醒来。
现在我走出书房按下马桶，抽水箱叮当作响，
总有人海风一吹就充满泪水，他们都曾经放弃抵达。

一条海岸线被转过面容，酷似梦露的曲线。
一朵云，风一吹就沸腾热血的帆，
和犁破纯蓝海面的瘦铁船，穿越天空他们还未抵达。

二十多年后，小澳的渔妇逐渐露面。
卷发，带着首饰，睁着城市的长睫毛，一个个
压低大嗓门。她们的儿子看见大海恍惚中死于抵达。

那些吃着蟹脚手忙脚乱的幽灵都在小阁楼上。
一只猫穿着丧服，弓着腰爬过瓦屋顶，
看见过灵魂的人渐渐清醒，他们虚弱恐慌无力抵达。

转动双眼，在渔村我们伸长多年记忆的触须。

今夜婴儿们是幸运的，他出生就和星星舞蹈，
长大就遗忘了风暴。一望无际的大海边磕头边抵达。

水 迹

一滴海水爬进老屋潮湿的木纹。
像蝴蝶亲吻着花朵，你连续三次去摸大海
灰黑的脸。第一次，你摸到了大风，在风中
熟透的小鱼手挽手，如甜蜜的果实。
第二次，你摸到了衰老的身体，眼睛老花
嘴唇松弛，牙已摇动，头发们
逐渐发白。海水的伤口被自己舔干。
第三次，你摸到了什么？又干又瘪的
冰冷，但微微喘着粗气
——那是你湿漉漉的小父亲
正穿过黑夜匆忙回家。
他的高水靴携带着水，一滴滴淌在
院子里，留下的水迹至今未干。

简单的叙述：鲸鱼搁浅

2003年11月25日
110只巨大鲸鱼与10只海豚
在澳大利亚塔斯马尼亚洲西部海滩
搁浅

塔斯马尼亚博物馆脊柱动物馆馆长说
鲸鱼和海豚已死多天
原因有两种
剧烈争抢食物离海滩太浅
或被逆戟鲸类赶到岸边

报纸的另一个版
驻伊拉克美国军人17人自杀

倒　影

我说过　清明时节不要在海边看倒影
三根桅杆被砍断
沉没的船灌满了水　向左舷倾斜
水手们痉挛中缩成一团

我说过　海边看倒影不要在清明时节
年轻女人从甲板天窗外露出半个身子
怀抱婴儿
脸上的线条依旧美丽
她曾用尽力量把孩子举过头顶
孩子幼嫩的双手死掐着母亲的脖子

我说过　清明时节不要在海边看倒影
船长面容清晰　神情严肃
灰白的头发飘动在水里
一只手紧握船轮
他一不小心将航程拐进了死亡

我说过　海边看倒影不要在清明时节
清明里的倒影悠长　充满雪和死者
清明的海水里我看见

爷爷　古街和残鲸遗留的倒影
它让我试图抓住爷爷下沉的船只
当提前死去的海水突然灿烂如花

隐约看见大海的颤动

海溅在非洲的脸上

几多光

几多光，把我悬在十字峡谷

几多光明照耀非洲

——看见一棵棕榈，一个小黑人

那就是非洲。深夜

我绕过一个熟睡的黑人

灯光微弱，被惊醒的黑兄弟

布满红血丝的大瞳孔

在黑眼眶中突然增大

海，屋外咆哮

一群群大象一样庞大的血，摔向岸

夹杂着几千只蝙蝠凄厉的鸣叫

那夜，冷风吹拂棕榈

棕榈长进我的心脏

吱吱嘎嘎结着果实

黑暗中，我突然通体耀眼

——一个叫光明的词

如同飞燕从远处飞来。黑兄弟

挂上清晨的白帆，轻摇小渔船

黑兄弟，海洋，光明与尘土

把我紧紧搂抱在非洲十月的怀里

眼里充满人类的泪水

我的书架上挂满海浪的笑声

我的书架　红底黑面

挂满海浪的笑声

一滴是希腊神话里

坠落的翅膀

一滴是埃利帝斯的

"你的嘴唇有风暴的滋味"

一滴叫海明威

那个著名的老人又梦见了狮子

一滴是妈祖

她的微笑是一盏明灯

点亮漆黑的海面

一滴是徐福的　他还在追寻的路上

一滴是郑和的　这只优秀的鹰

飞错了天空

一滴是我母亲的呼唤

潮水一来　她总在沙滩上焦急寻找我

还有一滴是红色的　那是

我奔跑的青春　那在海上看着日出

一去不复返的少年的日子

昏 暗

我昏暗了红脚鲣鸟返航的路线，它是一块小冬天；
我昏暗了一群30多年的海蛎，它太像一场噩梦；
我昏暗了信天翁75天的孵化期，它的雏鸟破壳在远方；
我昏暗了大眼睛的大马哈鱼，它远征中最险恶的是人心；
我昏暗了膨胀的河豚，它的美味和剧毒同样迷人；
我昏暗了温顺的海蛇，它斑斓的鳞排列稀疏；
我昏暗了湾鳄滴下的眼泪，它撕碎的孤独长相丑陋；
我昏暗了一场暴雨里鲨鱼，它已经深陷在阴谋里；
我昏暗了大海里微弱的光，它是潮汐的倒影；
我昏暗了自己的心脏，它将跳动在伟大的蓝色中。

斜靠大海

这么多亲人，这么多白帆
这么多清明的波浪
往风里飞，往血液里飞
浪落水面，以鲸和珊瑚为牵引
怒放在四月的书桌上。波浪解开
绑住爷爷的绳索，把小小的爷爷抱在怀里
大海在远处缓缓移动，船载着星光和
60多年前，张家赠送游戏队
成千上万的黄金与银圆。高价购买的
盘尼西林，会不会从原游击队员
腐烂的胃里醒来
大海此时迷了路，沉到爷爷身体下面
第一次风苦涩，第二次
风一吹，爷爷密谋起义的身影就停止
礁石上卧着倾听的海蛎，伯父和大姑姑
二位叔叔，他们都带着和平解放宁德的手
当阳光照在进城时爷爷倾家荡产的长衫时
我突然有了海星星的皮肤
——浪涌到了死亡的尽头
牧者带着我的亲人。有什么
咯吱作响？大海辽阔又壮美

静静斜靠在张家的历史上
鲸一学会眺望就成为飞鸟

当这么多亲人，这么多白帆
这么多清明的波浪
往风里飞，往血液里飞

跪向大海的祈祷

我祈祷大海越来越蔚蓝，
不要让我看见那发黄发臭的海水上，
垃圾上下飘动，死鱼肚皮漂白。

我祈祷大海越来越平静，
不要让我听说那几十只自杀沙滩的鲸鱼，
那小山样躺倒的躯体让人心疼。

我祈祷大海越来越平和，
不要让我目睹那残忍的猎手用命去换灰鲸鱼，
那冲天而起的鲜血会进入我的梦魇。

我祈祷在海上的飞鸟继续优美地飞翔；
我祈祷在海中的珊瑚缓慢生长奇异的躯体。

我祈祷在海上捕鱼的兄弟笑容满面回到岸上；
我祈祷在海边居住的大姐大嫂们不再嚎啕大哭。

我祈祷大海浸透我的灵魂让我拥有宽广的胸怀；
我祈祷生活在城里我也拥有注视大海深情的眼神。

海牛和我的另一个梦

这个冬天我被你细嫩的肋骨牵引，
埋在小小的屋内倾听你沉重的呼吸。
我张开笨拙的双臂，拨开缓慢的水，
任体内的海水潮汐样和你上下晃动。

是什么让你从不到深海，更远离岸边？
一旦离开水，你如孩子一样泪流满面。
我穿上铠甲，套层骨环把岁月停在风中，
谁是伤口，浪，那个谎言，一场漂泊。

你总是半躺在海上，一对偶鳍向前弯曲，
把小海牛抱在胸前喂奶。你深陷的小眼，
看不见我十年曲折的命。上升或下沉，
童年依旧，我还是你背上欢乐的骑手？

连着上唇，偌大的鼻子鼓着。你用你的方式，
把梦荡成水中的歌声。我在空空的育儿囊里，
孵出带壳的小骑手。我所携带的另一个冬天，
在你的尾巴结痂弯曲。我已藏好每一个伤口。

星光下的鲸鱼群

我看见一群鲸鱼游动时正星光灿烂。

一只蛙以它的剪影蹲着，在鲸鱼的脊背上，
如一尊黑雕塑起伏在隆起的山。
金黄的节瘤布满鲸鱼的下颚，密密麻麻，
一粒粒黄金样闪动。当鲸鱼翻过庞大的躯体，
肚皮上的条纹在星光中荡漾，那是它们灌溉的腮。

喷水。一团气雾。我看见星光下的小鲸鱼，
举着小小的微笑，游在幽灵边。它们呼吸三次，
大海的花朵浇了三次水。它的背发着光，我看见。

当它们抬头，划动两个白色长鳍，一个个跳着芭蕾，
我就浑身漆黑，在深海里为他们开门。那些腐烂的人，
一站在星光下，就游进鲸鱼一大一小的眼里。

像沉船在词里下锚，大海逐渐安静了我的羞辱。
鲸鱼们湿漉漉。瞬间套上第二副人的皮囊。一地星光。

我看见。

喊我要烟的老渔民

一开口，满嘴鱼腥味。他胡子邋遢，三块褐斑
浮动在腮帮。白发树着，胡乱长成树枝的梢。
他爷爷不用网，鱼多如米粒，带尖的木棍一扎
就有两三条。黄瓜鱼沿着潮汐的脸波浪样涌来，
库房，码头，街道一片金黄。他跳，他躲，
他一脚踩下去，还是黄灿灿的鱼。那时他8岁。
当父亲捕鱼时，600米网一拉，一天上万斤，
20斤大白鱼，50斤鲟鱼和两三百斤的大鳇鱼，
游在海洋的裤袋，鼓鼓囊囊。当他成为渔民，
海如一柄大漏勺。这张被贪婪揉皱的大残纸上，
他爬过公海，筛过每一片水域，也捞不到像样的。
　"嘿，有烟吗？给我一支"。多年以后，倚着木窗，
他抽动布满皱纹的嘴，向我喊着。随手抛了空烟盒，
我递过最后一支烟。"那你呢？"他一边假惺惺地问，
一边低头迅速点烟。看啊，沙滩上两只狗边跑边嚎，
一白一黑，多像他黑黑的牙齿，和牙边弥漫起那一团
白白的烟雾。

一条腿的风暴

一条腿的风暴踢我黑夜的脸
一条腿的风暴踢我影子里的挽歌
一条腿的风暴踢我头发中的森林
一条腿的风暴踢我体内刚僵硬的血
一条腿的风暴踢我静脉中的秘密时辰
一条腿的风暴踢我骨灰匣里失眠的梦
一条腿的风暴踢我颈项上向船长敬礼的帆
一条腿的风暴踢我耳朵边儿子吃不到的盐
一条腿的风暴踢我双手点灯时大海的黑暗
她一边踢我　一边在风中嚎叫
她要把我踢成大海的一部分

中风的渔妇

昏迷。白色。静和医院。
婶婶的血，一只燃烧的狼崽，
跑出血管，拐进大脑大声嚎叫。
我熟悉的围绕灶台忙碌的矮胖躯体，
卷缩在白床单上，一动不动，
任凭呼吸机扑哧扑哧大口喘气。
一个哀悼天使的白色身影出现，
大风聚集，一只夜蛾张着紫色的双眼。
婶婶先是犹豫，而后爬上一截松木楼梯，
一言不发，白发微微卷起，盖住一半的脸。
她干净的衣裳上，荡漾着微黄的光泽。
婶婶飞了起来，手扶小油灯，拍打着小翅膀，
将一个孩子的铜色骨架，撞裂在光秃的墙上。
塔楼与钟声，夜的影子海豹一样覆盖她：
当叔叔从缀满星星的海面上拖拽出一条黑色大鱼，
矮胖的婶婶已飞得越来越小，越来越高。

海水涌进五道口

我浑身被黄昏与大海覆盖。散步在五道口，城铁吱嘎，
海蛇样蜿蜒在我的紫色头发。人群熙熙攘攘，海的脸
在红绿灯里闪烁，海抱着有喜鹊的裸树长高三尺。
拥挤的街道，一条狭长的黑色甲板，当车走走停停，
船在海上也停止了漂泊。一靠近烤羊肉串的铺子，
我散发出一股酷似法国香水的鱼腥味。再走走，
一个来自新东方的女教师，一个怀孕的美丽洋人
突然在前面褪掉了壳。我所熟悉的光滑海狗跳进地摊，
一低头，就成了三只黑白相间的土狗，一起发光。
一口钟鸣响，一个四十岁的男人把一艘失事的轮船
和一只鲸鱼带进咖啡吧。一个死去多年的渔民向我借火，
他说北京的雪和大海的波浪一样，又冷又鲜亮。
也没有多久，我多次忘却的台湾美女，一边抽着烟，
一边美人鱼样坐在长满青苔的木凳上轻轻摇摆。

灯塔镶嵌在六颗星中

灯塔在星星里有一种烧焦的橄榄油味。
如果仰望，
天空是一个倒扣的黑铁锅。

加上些洋葱与生姜，
这六粒被爆炒的雷种子将没有鱼腥味。

如果你遮掉半边脸，
马一样滴答在黎明，
灯塔晕出的光是玛雅国王刺破生殖器洒出的
热血。

如果你习惯在黑暗中徘徊与静默，
看灯塔头顶的红镶在勺子星阵里，
不停滴答，
那你就会惨叫三声，
抱着鬼一样的夜女郎，
掉进幽深的水中。
你还会看见，
被撞废大拇指的老渔夫，一整夜蹲在海边，
和鱼群一起滴答。

听：滴答，滴答。
灯塔滴答喘息着。
灵魂们湿漉漉。
爬满大海的门。

礁　石

你会说，水里的灰小羊，吸纳着寂静，
一只只半卧在湛蓝色的羊圈里，偶尔
摆动灰腰。

你会说，礁石是个洞口，藏着
人的邪恶，从海浑浊的肉凹出。一群失眠的寡妇
从渔村的阴影里升起，她摸不到水里的汉子。
黝黑的乳房，如两块咧嘴的搓衣板，荒在身体里。

你会说，软弱是一种罪孽。解掉上衣，脱掉长裤，
这些礁石是死去的自己，在夜里穿过波浪呼吸你。
在海边，谁被月光洒到，谁就遇见灵魂边流泪边长着
茸毛。

你会说，请别去窥视大海里的灰小羊，不需去
发现石的笑容。她们被赐福，洗净虔诚的脸，你一看，
一只只都褪下海豹形的浮影。

当我又一次遇见寡妇时，
一群男孩从渔村阴影的另一侧升起。
你应该说，

不用多久，水里的男人会披上风，
带着他们放牧这群灰小羊。

此刻，它们正低头吃着蓝蓝的波浪，
偶尔摆动灰腰。

雪落大海

雪里有千山，有寒林和一只瘦驴。
山里飞绝了鸟，但有蛇的光，以及窥探光的云影。

当雪飘过二十层阳台时，
它拐弯，五个人，静静坐着。
而后三个背叛，
挥舞铁锤，翻脸，偷袭，要致我死地。

我抱紧黑夜，吸口冷空气，
一边坠落，一边抖落灰尘：
雪飘落三沙半明半暗的海上，
月牙形的孤岛一盏盏亮着，
一个目光呆滞的打更人，
在黄光蠕动的大街上绻缩背影。

雪一边解开白大衣，
一边吐着苦灵魂的胆汁。
它和睡在我身边的一朵莲花一样，
一不小心就成为覆盖我的深渊。

西洋岛

来到西洋岛。我叫喊。看夏天中各种灵魂
潜到灯塔脚底。一排排枯萎的黄锚装聋作哑，
躺在长巷子里，为羞耻活到了现在。

我问它们，要去哪里？锚滴下浑浊的落日，
一动不动。天亮了。岛上的白色峰峦，
从海面升起。它们说，要回到太阳中，
要回到光里。

为了替代一个诗人回到童年，
我在卵石堆里找着一滴叫刘伟雄的浪花。
我看见他的母亲一瓢一瓢从小旮旯里舀着水，
脚步蹒跚，挑着放上两片菜叶的一担水，
与那些艰难的日子擦肩而过。

西洋岛是一把漆黑的狭长的短柄漏斗，
风一吹，
谁会在昏暗的灯塔里两眼发红，转眼又绿了。

雨落秋天 花满海面

如果你歌唱
是否有一张水母的脸来倾听?
当满载着浪涛焦虑的风
黑夜里眺望陆地

世界已经面目可憎
鸟带着面具
岩石相互拥抱后各自散去

海上新娘　你是否会倾听
雨落秋天　花满海面

船下的水刹那深紫

清晨来临之前我会看见你孤独而美。
两棵漂流木都驮着你的身影。
分岔如长裤的那根，
出没在管风琴的深处，
它伪装不了大海的波浪。
酷似虎爪，毛发蓬乱的那根，
像一段膨胀的记忆。
我看见你在船下扑腾，而后安静。

仿佛一路跪拜的祈祷者，
在真理的道路里，
学习鱼保持着一团锡的亮光。
每家每户的狗正成群嗷叫。
船底里结霜的盐粒，
挥舞双手，把我雕成悬崖或者港湾
都是一条抽象曲线。

你这匍匐汹涌的小女妖，
吃完闪闪烁烁的渔火，
又长出一把利斧，把大海砍伐。

一个唐朝的盲者，
正用二胡把你提起。
而我，迈出家门，产下鱼卵。

日出时分，
船下的水刹那间如我深紫。

光留你在半空，抓着你的钟

光有时是金的，蹒跚着衰老者的眼神。
那么多黄色老人，像雷的种子走在空中。

而后光是银的。它僵硬着，一公一母，
像废弃的铁桶慕恋一只死鲨鱼，
它们都在用枯萎隐藏着某种预兆。

光一进入盲渔民的眼又是铁的。它穿过风，
在激流上抖动。此刻，有一座古老的灯塔，
悬着磨损的铁臂。它恶心。它昏眩。

当你转身看见大海时，光是泥的，石一样冷：
光是一棵水泥铸造的树，根在海床里疯长，
茂密的枝叶挂满燃烧一半的沉船。

恍惚。有时饶舌。我所仇视的光溺在海里。
我爱过的光抓着我，把我悬在半空，用来敲响大海。

松冰上的海豹崽

当我最后一次看见那只小豹崽时，
它半个身子陷入水，
另半个死死抓着薄冰干枯的手。

它一只眼睛闭着，闪出樱桃之光，
另一只小眼睛隔着电视乞丐样看着我。

它来不及学游泳，更无法飞翔，
只能用幼嫩的爪抓着我的眼泪。

它的母亲对着天空扔石头，
小黑点如松油脂一点一滴跌着。

万物静止。

汽车在窗外偶尔学狗样叫上几声，
它们排放的尾气总是幽魂样美丽。

如果让我成为缓慢的珊瑚

这是谁的灵魂漂浮在海面
是谁的翅膀被飞翔的渴望撕伤

固守在小小的水滴里
我与我的诗歌
如同珊瑚隐匿于深海之中
缓慢成形

月光清冽
海水清冽
更清冽的手让我抚摸每一朵浪花的姓氏

把自己打开
一起交出心脏
血液和衰老的青春
仿佛月亮交出了遇难的帆
仿佛海洋交出了蔚蓝
仿佛鱼交出了游泳

一名溺水渔夫在海参中劈啪作响

游进海参中噼噼啪啪，
一个溺水者重新长出五官。
他昨天被淹死在大海中，
尸体漂浮，半沉半降，黑发偶尔露出海面。

我不敢想象他的脸，有的会胀成猪头状。
三天之后，他游进了海参，他的肋骨胯骨
嘶嘶作响，被碾磨成碎片。

猪头重新长成一张秀美的脸，
长出鸟眼、喙和锋利的爪。
满是老茧的手，蜕皮，柔软起茸，
变成两只洁白的翅膀。

每一次传来渔民溺死的消息，
我总看见倾覆的船只
静静停在海参潮湿的洞口。
海里的血都要返回海中，
被淹死的渔民们
都必须在海参中再死一回，
以鸟的方式重新登岸。

而后，一只只白鸟盘旋，

在渔村上空，

久久不肯离去。

巨石滚进大海

"学会遗忘，在高处撒尿，无人的时候
翻硬币的另一面。"在北京我写下这句诗，
它粗粝的回声穿着细麻衣，盖着我的头。

我接着写："黑暗里学会看见老乞丐无动于衷"
这话今夜开始尖叫，海面上蛇一样劈啪作响。

"学会眺望大海如放走一只鸟。城市的阴影里，
谁站在光明的镜子里"，这是一句幼稚的话，
我暗自嘲笑自己那时很傻很天真。

大风骤起，巨石突然涌动，一群群滚进大海。
"藏起刀和剑，顶着三筐白饼漂浮"，为阻止
猝不及防的灾难，我在床上死死咬住最后一句诗，
如同风暴里的水手抱着一块枯木。

巨石凝固。大海平静。

女人哭泣如同一只蓝海豹

有人被盘旋的鹰照亮。
冰层遇见女人时正是春天。

每当夜幕降临，我就跳进蓝海豹里夜行千里。
我转身，大海蓝色的胡须垂挂着女人的枝条。
我钻进你的气孔呼气，
你拍拍双鳍，那爱过我的女人把舞姿停在雪上。

那恨过我的，突然成为一名大海的朗诵者，
让我跑，逼我跳。

我怀抱着你的蓝眼神，
洗着肝脏、胃、大肠和昨晚呕吐过的臭嘴巴。
我闭上眼，我依旧看到了猎人正活剥你的皮囊。

我张开双臂，在腋下生出两只黄昏的小海豹。
它们都是我的侧影，
大口吐出一个个绝望的女人。

鞭炮声里的渔船

这个清晨我又一次
被你的音容笑貌惊醒。

姐姐　紫色窗帘外的光都照着你。
在七年的时光中我全身散发着烟味漂浮千里。

这是初三。
大海平静，
阳光挂在三角旗的前额。
浑浊的海水上，
上千只鞭炮扭打了半个时辰，
腾空一团雾气。

什么样的航程是星光毛茸茸的尾巴，
是我一去不复返的眷恋。

什么样的风，
把我悬在海面慢慢老去。

什么样的你，
又一次想起在北京炸出红通通海虾时的喜悦。

而今，你拽着一点点未熄灭的留恋，
一路牵挂我不肯离开直到死去。

一只白鸟盘旋

它从深海中长出翅膀和眼睛，
没有人在意她的盘旋。

它忽上忽下，它大汗淋淋的内脏，
如一丛弯曲的白码头，
在贝币里蠕动，呈现真面目。

亲爱的，海上舟行，
谁的纹路，谁的肌肤，
谁的骨头暴动在水的褶皱里。

我这双老茧横生的双手，从风的内部抓住你，
沸腾你，直到你吐出晨曦的红旗袍。

亲爱的，此刻，
我站在一场大雨下，和你俯冲，盘旋，
抓着空空的蟹壳，飞进倾斜的浪峰。

而我，从通州空空的广场中爬进大海，
一手抚摸着你纯洁的舞姿
一手熄灭你。

纺渔网的少女

看见那个少女的下午已过去一段日子：
整座屋子垂下长长的绿网，
灶台闪烁着一点点星火。
如一只半锈的铝皮铁铜，
我从城市跌进大海的手臂。

她洁白的脸庞上回游着红晕。
一长条绿渔网毫不忌讳地涌上她的胸口，
偶尔起伏。

在这个渔村，鱼尾部会长出小小的人类。
那个少女，把眼睛退化成盘曲状的石头。
风暴里我看见她纺出大海的羽纱：
海面上漂浮着两次我与她的默默无语，
那些沉默的光亮，一路安详陪伴我向北漂流。

两只小兽

幻影。一阵灼热的风。
滩涂上红黑相间的芬芳。

大海滚进我，忽然，如石。
忽然，幽灵样发灰，
带着狂笑，
踢我嚎叫如屈辱的土狗。

灯紧握波浪的刀，脚趾蜷缩，
在我的身体开满鲜花。
一群沉睡的浮尸亲吻深海中天青色的廊柱，
手挽手，
他们一慌乱就长满海草。

一只水母晃动明亮的裙裾，
一翕一合，漂浮起洁白的网。

我与海，两只小兽，
我们只活一刹那。
在黎明前最黑暗的时刻。

一只京巴狗和一个兰花样的女人

一只洁白的京巴狗，
走在夜色笼罩的街道，
一摆一摆。

兰花样的女人，
煤气炉扑腾起灵魂的火苗，
仿佛一群受伤的火烈鸟。
从不喊疼的螺和红虾，
它们的眼睛除了虚空已没有什么。

兰花样的女人，
雨落下，溅在你黑黑的长发上。
蘸上深海的词，
加上芥末、生抽和醋各半。
我们要在大雨中吃掉春天的心，
在大海边吐出多年的枯枝败叶。

大海转过身，拉了拉帐篷的旧衣领。
兰花样的女人，
水带走了我们落花的记忆与年轻的容颜。

如今，那京巴狗被我们埋在橄榄树下。
那天夜里渔船上的小旗帜，
它们是不是与我们一样，
曾经在暴雨中来回舞动。

三沙 三沙

两个月抽高一寸，隐约的暴动在肉体里荒诞。
记忆的少年由黑转白，一路过三沙就冲出我的额头。
那被人讹去三块钱的小孩，那迷人的发着红光的发廊，
还有指挥一群海鸟裸泳的少女，在三沙遇见我。

再来三沙已十多年过去。我被一粒沙和一条白狗宽恕，
被一堆台湾的香烟覆盖，被一团打火机与电子表嘲笑。
我穿过自己徘徊在避风港，像无知的蛇穿过垃圾，
黑黑的避孕套和一大片柴油机的轰鸣声。

微秃的发际上，我举着路灯，吃力照向三沙的眼睛，
里面全是浑浊的海水。一艘艘船舁拉着上黄下红的小旗帜，
十多只老鼠上蹿下跳，来回穿梭。两名垃圾工掀着铲子，
吐出黏液。一颗老去的海螺在食杂店的橱窗中不停叹息。

我走过大街，穿过小巷，用盐水洗脸，敲门，打开窗子，
在满眼的海水里沉睡。一声巨响，
我在窗外突然如瓶子般爆裂，而后熔化，
仿佛一小撮撒向火里的盐。

人生往往不如波德莱尔的一行诗。一个转身的人，

转过了一张嘎嘎直响的脸。我终于消失在三沙的尽头，
如同大海消失在大海的尽头。

三场风暴

风暴先来自非洲。黄沙巨蟒样飞跃，
盘旋在一群裹着红头巾的黑人脸上。

无数条鞭子，
抽打一群黑白相间的牛一路小跑。

一匹单峰骆驼
来不及收走自己的影子，仓皇而逃。

第二场风暴降临在海上。
水舞动沸腾的拳头，
一股腥气扑鼻而来，
隐隐的雷一阵紧一阵松，
闪电成群结队，浪腾空而起。
在海上倒影过的街道与行人消失得无影无踪。

老人从黑屋醒来，干枯的手摸过大风，
他半瞎的眼睛看见了天上的鲨鱼与灰烬。

当第三场风暴到来之前，我已衰老。
雪哗的一声就挂满了树枝与车辆。

结冰的地上，我放纵儿子在雪里画出人的背影，
一边远远看着自行车一辆接一辆滑倒。

那些狼狈爬起的人总是咒骂几句，而后低头离去。
仿佛什么事情都没有发生。

一个人活着就是一片大海

徐福一个趔趄，童男童女落入大海，
一个朝代吐出了红舌头。

我一个趔趄，一条鬼影抱着我，
要我拿出十多年的光阴送给她。

大海一个趔趄，光潜进了波浪，
死是温柔的屠夫，揭开一层幸福之迷。

映入我瞳孔的徐福，边跑边喊：
一个人活着，就是一片大海。

圣诞节迈过三沙的胸脯

礁石飞。堤坝飞。海蛎们躺着飞。
在米粉里放三只红虾的女人，也飞在

圣诞节里的三沙。钟在豪华住所的上方鸣响。
霓虹闪耀，夜总会里人声鼎沸。

大雾趴在避风港上，一动不动。
小巷子闪现着一群长着鸟一样的脸：

这么多死去的渔夫，沿着圣诞的边缘
久久飞翔。

我把钟声推到开着的窗前，
和灵魂们一起呼吸大海古老的气息。

海风慢慢吹拂街上漫步的人群，
洗净血迹。

我吐着三沙的海腥味，
突然仰望天空时，斗大的星星们灿烂如昼，
一大片微小的波浪正渐渐向它们涌去。

如果徐福能带走我

人间有太多邪恶。
徐福带着我向前奔跑。

波浪与波浪正在耳语，
海市蜃楼敞开一点门缝，
一条鬼影抱住他，
另一条鬼影抱着我。

我拖动长生不老的尸布
覆盖秦始皇的陵墓，
跑在我面前的徐福正搬动巨浪，
在人间沉浮。

它闻上去有风暴与星辰的体香

那幼小的王。
那一点摆动的摇曳的火。
那一颗闪烁的长钻石。
那一阵雷霆般的怒吼和满目的苍凉。

一只初生的鲸鱼向上游动，
这未来的王压缩住雷霆的吼叫和苍凉！

提亮过暮色，
打盹过，沉默过，
从船的手中接过兄弟的血，
突然咧嘴微笑过。

有早晨，有晚上。
一舔掉你灰色的容颜，
我就是这初生的鲸鱼在摆动。

如果一脱下风暴深藏的月光，
我就是王在深渊中。

三个从白到紫的灵魂

当灿烂的白鸟飞起，
你正笼罩着一团废堤坝后的光。

三个从白到紫的灵魂，
在我的空眼窝里伸长四肢。

那些浮动的散木，青光眼的礁，
半裂的贝壳残骸，终将被赶上海滩。

有一群爆开岩石的，
从紫转白的灵魂们无处降落。

穿过黄城堡，海面暗下，
一群呢喃着梦一样的孩子在远处游动。

如同一只歌唱的虎头鲸，紧咬海的唇，
潜入深海并侥幸活着。

一艘熊熊燃烧的船

说也奇怪，三天前耗子都跳出这艘船。

也就是一刹那，火星们漫天飞舞。
几根桅杆，围着大火嘶嘶作响。
两只锚握着通红的拳头，几百米长的铁链
一股脑儿把血液交出。

甲板摇晃着，
黑臂膀抬起一条条裂缝，
而后隆起，
当你还没有点着一根烟它就弯曲成碎片。

又一阵稠密的浓雾包裹着我，
船带着我把自己燃烧得如此坚决。
在壮丽的死亡面前，
仿佛一辈子辛劳的恩赐，
大水中我平静燃尽蔚蓝的水。

一只鲸在我体内同样完成美丽的燃烧。

在三坊七巷想起赤岸

雨中。当我在清晨仰望三坊七巷那棵榕树时，
为什么瘦小的赤岸，透过风暴的叶片，
滴在我一转眼暗淡了二十多年青春的脸。

在星光下弹吉他，仰头一口喝光啤酒的童伴，
现在依旧黝黑着，继续着一个建筑工人的手艺。
赤岸的头发随着水里微微荡漾的初恋，在沙滩上，
在腐烂的船体里，吹拂起一阵甜酥的粉红的风。

公元804年，赤岸的鼻毛里叫空海的日本人，
现在还在海上漂泊。站上凹凸不平的堤坝，
我的少年如一只半蹲在柳条上的海鸟，
一边等待啄食死渔夫的灵魂一边看着远方。

我的少年和日本无关。
落在青砖上的赤岸慢慢蜕皮，
发出鸭子一样的叫声。

这只被啤酒与星光腌过的鱼，
悬挂在三坊七巷细细的竹竿上。
它将在黄昏流尽血，

被除掉锋利的牙，
和我一起慢慢暗淡体内所有的光。

那群星光下的少男少女，
一个个消失在粉红的风中。

谁在海水的列阵中倾听我的叹息

风暴在抽水马桶里劈啪作响。猫在屋里，
并非我享受孤独，只是无处可去。
我修改一段诗句就擦掉了一段不堪回首的
记忆。

依旧在马桶里，一层波涛叠着一层，
姐姐，它们知道我所写下的海，
也许你并不存在。
一场爱情只是一个梦。

还应该被嘲笑的是和我一样的笨风，斜插进
下午的浪峰。我所杜撰的一队死水手，紧握
灯火。

我能记起的是，水要擦掉死亡痕迹
其实相当简单，随处鸣叫的鸟都是一堆
不能合眼的白坟。

我能忘记的是，死亡是
百变衣裳，从外到内适合每一个人。

整座大海，
就在这个下午被我推进了马桶里，哗哗流掉。
又有谁，在海水的列阵中听见我的叹息，
微弱。

无法停止。

病后忆安琪

"你嘴上有诗歌风暴的滋味！"
当时年少的安琪拿着泡着茉莉花茶的长塑料杯
在屏西向我喊着："你要多写，不能懒！"

我那时正穿越刚组建家庭的繁忙：
帮女朋友找工作，帮她爹找工作，新家装修，
单位装修，满头灰尘地在几个工地上转。
"你嘴上有诗歌风暴的滋味"，安琪
十多年了，我真不敢偷懒
因为你那时把诗歌的风暴种进我的家中。

如今我身在北京，原先的家散了，婚离了。
安琪，你曾做客过的地方也卖了，人病了一场。
我的自尊在熊熊大火中煅烧
逼迫我也许一辈子匍匐在思念儿子的礁石下。

但是安琪，当我疼痛，当我诅咒这个世界的不公
当我，几乎被生活的绝望压倒时
我依然渴望听到你清脆急促的声音：
"去谈个恋爱，心病还要心药治！"
我依旧想起在屏西你嘴上诗歌的风暴！
我依旧一睁开眼睛还会看见你的善良。

倚着海浪歌唱

心是会瘦下去的　血会干涸
情一天天干瘪如同过夜的面包

爱会淡去　话会减少
人一天天老去像油渐渐枯干

大海　大海
再刮一阵粗粝的风　让海上新娘
把芬芳吹拂　让雨洛入秋天
让花洒满海面

让船又一次航行
在风暴中　在死亡里

既然歌唱就大声歌唱
一只水母　一不小心就走完了一生

另一场雾

雾爬进我的身子。
雾伸出手，把我推到崖边。

我呼喊。我抱着肥胖的海蛎发抖。
雾继续蒙蔽我的双眼，我只能转身
啜饮海水。

我大口大口呼吸，太阳
晕开了光，浸着淡淡的鸡黄。
我感到无形的爪子正压在我的心脏。

而雾继续笼罩着我。有时，我昏迷。
有时，我如一支年老的蜡烛，火里发芽。

活着的人要继续活下去。
雾会散去，雾是我们的家。

灰蒙蒙的船包裹住一切。
我们留在海边。

直到另一场雾升起。

爱是船沉下后静静的水面

嗫嚅着厚重的嘴唇
海透过窗前的一棵榕树根滴下来
从冬天结瘤的枝条
滴下来

透过桌上散开的书
海从奔腾的灾难与死亡的手中
滴下来

滴进无数的船只
滴进生和死
滴进时间与黑暗

爱
托住海厚重的嘴
在静静的水面上

水下交响乐团

抹香鲸是小号。它发出"咔嚓、咔嚓"爆米花的爆裂声
也仿佛深海的锅里煎培根肉的响声。

一只成年抹香鲸发出的尾声，比雷更响，
从鼻向后，抵头后回转，可以把
巨型乌贼震昏。
如果谁被击中，就如被马踢到心窝。

独角鲸，海洋独角兽，它是一个优秀的小提琴手，
冰块下不停射出子弹般的回声脉冲，持续纤细的旋律，
是找到几百里外微小呼吸孔的手势。

巴西。热带雨林。浑浊的河。
淡水河豚成就了喋喋不休的双簧管，发烫着，鸣叫着，
嗡嗡呼喊着，它的吻长又尖，里面全是牙齿。
它前额隆起，像个小教堂。它一游动，
水里涨满了会偶尔走调的配乐声。

圆号被虎鲸占有。把眼探进水，
我看见七八只高调的圆号，
用刺耳的叫声将鲱鱼群内脏震动，

让它们混乱，拥挤，践踏。
圆号再把尾鳍一甩，手榴弹就在鲱鱼里爆炸。

瓮中的歌声，憨厚的巴松管来自座头鲸。
它总是用四十吨的身体撞击水，
用巨大的尾鳍猛烈拍打水。
而后，海中最优美的音乐上升，
数千里外你都可以听见苍穹破裂的声响。
有时即兴创作，有时互相模仿，
座头鲸一歌唱，大海里飘满熟透的果实。

最后登场的是低音提琴，数百只欢腾的海豚，前翻。
后转。再侧翻。伟大的水上芭蕾舞者，
嘴里呢喃着，跃上海面，
用身体与海水碰撞的姿势，拉出一连串音符。
也许是求偶，也许是食物信号，庞大的交响乐团
总在蓝色演播厅轮番上演。

姐姐　你是否和我一样　在倾听
在水里竖着顽强的耳，
当海水漫过我们同样欢乐与悲哀同在的生活。

回忆起十年前一群刷漆的女人

水的聚处为海。
而我被一群女人和惊恐的海围绕已经十年。

这群女人头披红布条，穿过墙壁，挥动长刷，
用粗壮的影子，打碎平静的海面。

船失去了远眺的视角，从海回到委琐的岸，
突兀地躺着，裸露龙骨，
仿佛一只发情的京巴狗四脚朝天。

汗水沿着肥黑的躯体暴动，那些女人手执长刷，
一遍又一遍，裹着灰厚漆，上下起伏，忽远忽近。

此刻，船是另一个战场。从船舱、船头到龙骨，
再到船尾，女人们隐藏了羞涩的呻吟，
集体冲杀在战场的每一个角落，
指挥着整队烈焰扑死在船底。

她们要补好波浪的裂缝，要退回大海的雷声，
要再次爱好男人。

当我又一次站在空空的岸时，十年过去了。
那些人，那一群群不停冲杀船底的长刷，
那些熟悉的上下起伏的姿势，
那龙骨里游动的女人们，黑黑的女人，
在海的另一端，刷着我的怀念。

冬天的大海

说着，说着，大海已经到了冬天。
我用褐色的鳍，
拍打着教堂的木凳子与海螺们合唱。

我伸了三个懒腰，打开浴室的水龙头
一阵热水忽大忽小，
缠绕在我的头发，
顺着躯体的沟壑爬下。

它避开群岛的窥探，
开始了在我身体中隐秘的旅行。
它在浴室洁白的地砖上留下几缕黑发。

此时　海上又有多少个未死者
被扫尽衰老的痕迹？
我转身进入厨房，
一条鹦鹉鱼停在案板上，

它不够补偿大海在我身边的欲望。

仿佛旋开一只海螺身上斑纹，

我旋开台灯的一团黄光。

洗完澡后，大海就到了冬天。

在这个清晨，谁无法背动书页里姐姐的背影，

成为水滴里不断思念的守望者。

我要在词里洒满海上落日的余晖

我总在清晨四点被唤醒，
迷糊里抽烟，而后逼自己发芽生长。
在空空的白纸上，我贮入潮湿的鲜血，
放飞了词的飞舞。我铆足吃奶的气力，
如停住一辆斜坡上的牛车。

我穿越一盏灯的木核，搬走了词的呼吸，
让它死在海豹又黑又小的灵魂中。

我把冰压进心脏，
让蓝色的水一次次烫成燃烧的大海。

词是一个个裸体的蓝孩子，
从冻僵的珊瑚的手上，
我要词里洒满海上落日的余晖。

让我和词一起复活在大海的安详。

凝视爷爷溅在三都澳的血

手榴弹和脚夫，葫芦瓜与咸带鱼，
守望着黑下灯的三都澳和奶奶的哮喘。

爷爷放弃了生，
站在老宅里他保持着参议长的身份，
以及威严的神情和海的血脉。

那血脉中，子弹在小教堂外突然爆响，
还有鱼腥里的吆喝，浑浊而破碎。
爷爷平静穿好长衫，
在波浪的棉絮里吞下黄金含糊的唾液。

传奇的魂灵！
看见三都澳，我就看见了爷爷的模样。
一个从北京跨越海洋的思念，
足够弯曲我们经历的苦难。

宁德的大海上，
它们都是活着的死者，
和我一起凝视爷爷溅在三都澳的血。

我的童年抚摸着海洋的双乳

天色刚一暗下

渔村就要睡了

腥味透过老房顶上的黑瓦片滴下来

它那黝黑的宽大的脚步

不加掩饰

上来就踩了餐桌上一箩筐的水洞

一打红着脸的蟹

还在后悔自己的鲁莽

一阵海风在船眼睛里惊跳

灶里柴火忽明忽暗

几个人在喝酒

几条狗晃动着身影

几颗星照耀海面

当我的童年抚摸着海洋的双乳

慢慢成长时

端午　海风吹过玳瑁的额

端午的风吹过玳瑁
端午的风吹过被偷窥的宫女
她脱下的长袖穿在玳瑁的身上

那群孤独的玳瑁在大风中　静止
端午的风　缓缓吹过
谁在珊瑚礁间扮演死神　成为海水的鬃毛

缓缓吹吧　端午的风
它们被死亡和美包裹的脸庞

一艘船沉没　一群人死去
一张高大的帆缓缓站起　在深海
在海浪的废墟里　高大的帆站起
——帆　高大的帆　站进了我们的血液
它依旧竖起挺拔的桅杆　航行
再航行

骨　灰

我们是否还有更深的恐惧
埋在漫山遍野的海洋中　五月开花
雨现在奔跑
穿越着肩并肩的盐

这时一个人在你身边轻了
一个人面朝大水拍打落日

能重新命名一里水吗
能披着时间
站在一粒水滴的悬崖上默默流泪吗
——看　疯狂的暴雨向下跪着
多么像我故乡早逝的羊羔

被记忆的水孩子

其实他是幸福的。
被一双天上的眼睛爱抚
却一无所知。

迈着蓝脚步，走过一身血水的
船只，他依旧对命运知之甚少。
记忆落进裸露幽邃的洞口，沿空心的深渊，
一点点冻僵。

为什么，海如粗布带，
缠着秋天半张脸，
让我一路北上，一边祈祷，
一边在手的钟声里
夜夜敲打海上发着荧光的灵魂之鸟。

一滴英俊的海水

鱼群开花，结果，在海中播种。
它们携带着沉重的粮食，却两手空空。

落日正缠住一小个半沉半浮的冬天，
数不尽的浪花被时间卷走或者吞溺。

大海中从来没有人死在破碎的灯火里，
更多的渔民被赊下的怀念失眠。

当你刚学会船的鼾声，
一滴英俊的海水是否足够用来，
和你一起看伤口在海上飞翔。

也许真有一天，有人会看见
那被羞耻过的人孤独坐在海中央。

海滩上的沟痕

伟大的风
在海水里吸住风暴的乳头
在海边留下深刻的沟痕
如同老渔民脸上的沟痕

大海也许刚痛哭一场
泪痕清晰淌在滩涂上
农妇们在偌大的沙滩上劳作
左手抓鱼
右手抓蟹
她们的躯体陷入沟痕
如同夜色在海面上脱下光明

透过谁的眼睛我可以看见巴塔晃动

船板吱扭作响，三只军舰鸟飞过，
非洲在海上晃动三下，天色就暗淡了。

屋内雪花电视发出沙沙的吼叫，黑女人
从窗里探出头，看了海面一眼就成为盲者。

那阵破旧的风，穿过椰子树，包裹着郑和和我。
黎明时分，我饿，我喝下三杯咖啡。

围墙内早醒的象群停止一夜哭嚎，
种子在海的瓷瓮里吵闹。

白的墙体，红的屋顶同时嗡嗡作响。
十米之外，黑看守通红着大眼睛。

刚一张口
木瓜和海豹跑进我静脉咆哮：
透过谁的眼睛我可以看见巴塔晃动
在一个人离去后，
我又能承受多少次退潮？

我曾爱过的那块礁石多像一只黑豹子

记忆让她空荡。
姐姐　你是我一半结痂一半奔涌的伤口。

偌大的滩涂上，你蜿蜒数里，穿过空荡的石。
微光闪烁，你细腻带着香气的肌肤
在海水微微晃动。

大海叮当作响，谁打翻了脸盆架，
你在黑白相间的镜子里咯咯笑。

将你空荡在我魂牵梦绕的的梦里，
有七条风吸着海的乳头。

光轰鸣，
无意中将你要的面容刻在波浪上。

我曾爱过的那块礁石，
多像一只黑豹子，
它涨红脸，游在红波浪里。

它用整整七年的爱温暖我。

披头散发的大海向法院涌去

悠长的走廊，醒目的标语婚纱样
飘下。你可以把我和大海叫做矮矮的嘴。

舵瞎了。风在桅间尖叫。
法院中满是狂乱的漩涡。

我是一座悬挂的岛屿，
在大地上安静坐着，吃力孵着
一团团海浪的巨响。

在满天星光的尘土里提炼黄金，
我要握着铁锹，挖掘你双眼的瞳晶。
此刻，怜悯是赤裸的黑孩子，一道倏影，
一阵昏眩，站在法院大厅，我分明看见
大海的狂暴和寂寥。

我们也是飞鸟，是灯芯，
我的拳头是两滴水
一滴曾经畏惧，
一滴永不妥协。

缱绻的夜色铺进港口

缱绻的夜色铺进港口，
狭窄的水道一转身就长出几艘船，
而盐，纷纷落下。

弧形桥下，盐被暂寄在阴凉的黑暗中。
马蹄声、车轮声在灰黑色的泥炭烟雾里飘动。

盐落着。
落进血，骨骼。落进我的动脉，消瘦的脾，
和矿渣一样的胃。

它落下，在灵魂的小房间
徘徊出死亡的脚印。

让它落吧，
落进海面天鹅般柔和的贫穷上。
落吧，
落进那颗冬天埋葬我的珍珠里。

我不愿看见一大片病海在泪水中

风哺育着几种面容。它们都来了：
先是一块绿的水蠕动，口吐白沫，
浑身恶臭；随后一块黄的，在我的泪水中
彻夜不眠，缓慢呻吟，偶尔嚎叫，
毒已扩到它的喉部。

我的泪水中翻滚的
还有一大片紫的红的水，它们手牵手，
从工厂的血管中一瘸一拐地浮现。

再远处，
一团漆黑，漏出的石油泛着光，
在礁石间涌动。

一整个晚上我坐在海边
那盈满我少年时光的
万里碧波，
穿着白丧衣舔着微微晃动的光与影。

我对另一只鹦鹉鱼的妊娠纹深表歉意

尽管多年未见
你还是来到秋天
在案板上晒着疼痛

你睁大体内无数的眼睛
你和寂静一起深陷星光。

包裹我的渔网，梦样高悬。
蜿蜒出你的屋子，作为漏网之鱼，
我必须对另一只鹦鹉鱼的妊娠纹深表歉意。

长出一只翅膀当床，
长出一只胳膊去出航
如倒立的蓝树冠，
网是我们的葬身之地。

湿漉漉的鱼腥味围绕四周。
十只萤火虫坠落。

直到那张网遮蔽所有黑暗。

姐姐　你为什么将海藻的泪水带走

亲爱的海藻，
不经意你们就脱下了绿大衣
在明亮的鱼缸里面黄肌瘦了。

亲密与沉默的你们，浑身腐烂，
绣满斑点，藏匿着忧伤。

屋里一床劈啪起伏的蓝纹被单，
发出嗡嗡震响：

一大群灵魂的水滴一边哭泣一边舞蹈，
在一个人暗淡的时间里。

姐姐，你为什么将海藻的泪水带走，
让我怀念一生。

一盆子海洋清晨的鲜血

是否需要一队水滴的守望者
除了守望　面对海洋我们已无所作为
一只鸟的翅膀上蹲着失眠的小夜晚
是否只有静止的飞翔才能留下些什么

谁在波浪中掀开鱼腥味里的芬芳
又在星光下的水面不停写着日记
海龟缓慢爬行着黑色时间
又有多少未死者被预告死亡的征兆

不要告诉我　一切都在破碎
一条鱼垂死的呼吸
就足够回答我们经历的苦难
那些沉没前死亡的笑容　又在梦中重现
它们只是死着的活者　灵魂的佐证

是否需要一队水滴的守望者
除了守望　面对海洋我们已无所作为

姐姐穿着缤纷的彩虹

从喀麦隆的窗子我向外张望，
一群男孩挥动着手。

晨光中一轮月亮凝在天边。

从一家上海人开的餐厅里，
我看见黑女人与黑男人炙热的舞蹈。
在一大片茶园碧绿的血中，
姐姐，你在哪里？
当月亮砸碎你的光亮时，
我看见你两手合成杯状，穿着缤纷的彩虹。

这都是多年以前的事。
如今我只能在弯曲的石里，
留住一点怀念，仿佛亲到了喀麦隆月亮的脸。

回到海面的母亲

母亲将回到海上。
整个民族互相传诵她的来临。

母亲　你为何要醒来？这漆黑的港湾
一只飞鸟足够储藏一生的疼痛

母亲来了。微笑。
她的白发卷起　遮住半边满是皱纹的脸。

手扶小油灯　母亲爬上一截松木楼梯，
她干净的衣裳上荡漾着微黄的光泽。
倾听着船帆的动静
她继续缓慢着爬上一截松木楼梯
在我的视野中越来越小。

小小的母亲又飞走了。不知道
这次飞翔，她能在天空停留多久

写在21世纪的第一天

如同小舟，海上一只褐色倾听的耳朵，
时间里静止，偶尔晃动。
哽在船喉间的是呆坐的我，
在浩淼的尘间散发酸涩的味道。
此刻，饺子在锅里，
三起三伏，冒着热气，
把我和书页中的洋流一起包裹。

新的世纪来临，
海在屋外把门敲得咚咚响，
进来后直接蹦进炙热的锅，
不和我说一句话。

在鲸鱼体内我默默搬运水泥与血液

鲸鱼粗糙如同河流，又越过了河流。
在它冗长的喉里，我失眠，翻身。
我呼吸，触摸。

如挣扎的小兽，我已被大地逼进了海中。
不要叫我窃取光明的石块，
垒成纯洁的鸟。
海草僵直，孩子哭泣。
我累，我渴。
我不愿躺进漆黑的时间和洞穴。

在鲸鱼体内，我默默搬运水泥与血液，
摆上木凳子，把钢琴调好，
我还挂起了水柱和燕子放大的尾巴。
我要清晨的光，
要贫穷的笑，
要爱。

我的思念能拽住一张迎风招展的白帆

裂隙划过我的身体。突然，爆响。
时而松下它的琴弦，吸进光。

我痛哭，我愿意移开这个夜晚，
和石头回到孤独。

姐姐　在你背景所缄默的寂静中，
一朵朵直立的波浪重新播种我。
我度过一个个白昼，
我的思念能拽住一张迎风招展的白帆。
假如鲨鱼半跪着，微张着嘴，抚摸
脆弱的脚踝，我会站在海底呼喊：

善待海水。这是我们的家园。
把裂隙重新放回岩石。
让湿漉漉的斑纹里万物生长。

而我必须忘记你，姐姐。

我不能被你按出海洋。

晃　动

船板在海面上晃动三下。

三只苍鹭飞过上空。天色

慢慢暗淡。搁浅的木船从窗里探出头

看了海面一眼就成为盲者。你和我

包裹着那阵破旧的风。风还没动

一切都将过去了。包括爱情

包括命运无声的呻吟。这个夏天

我已无法清晰分辨你的四肢与头发。

种子在海水瓷瓮里成长，吵闹着要下棋

玩游戏。一切还是那样鲜活，夜夜出现在水面

那是我们的儿子。我刚一呼唤

就看见月季和海豹跳进水里，鲜艳的花朵

游到海豹的鼻前突然枯萎

——这是我的灵魂吗？不远的地方

有人在发臭的池塘中钓鱼，他扔出的鱼饵

十米之外和我的爱情一同下沉。大海关闭了

最后的窗户。此刻，汹涌的波浪在我体内咆哮

在一个人的黄昏里，我能承受多少次退潮？

光明与蔚蓝

黎明时我才来到光明的海边
脚下庞大的薄雾已经散去。晕开的光
浸着淡淡的鸡黄，流出长条黄金

我渺小如同一朵年老的蜡烛
曾刻在火上。现在火发芽
这火在海浪的弧线
叶片和枝条边角，烫出一场红风暴

"沿着风暴粗粝的大脚，人类都是
命运无辜的孩子"

太阳的黑大衣将我覆盖
在发霉的光线里
一群海蛎转身啜饮海水
风暴张开枯瘦的双手拥抱天空

看着天边的大海我反复祷告：
船会依旧停留在海边，光明还在锚怀中
爱将救活另一只僵硬的爱
与沉睡的云一起呼吸着海浪与往事

在闪电的山坡上建好两间小屋

谁在骨骼中换掉一副爱的身躯，
如果你压低了雷霆的怒吼。

叠浪翻腾的天使穿过黑暗，
在另一个国中洒下书与墨水。

姐姐　你要和我交换一阵大风，
要我脱下恨。
在闪电的山坡上，
建好两间小屋：
一间住着一个你，
一间住着一座大海。

海　螺

如果说大海又一次摇动风浪
一只只白鸟慢慢吃着初升的太阳
如果说一群伤病的大雁成为天上的帆
从高处坠落
如果说黑夜变成我书桌前的旧笑容
镶嵌在一张日夜奔跑的海图里
海螺　海螺
你要磨灭掉身上一粒粒错落的颗粒
让小小旋梯的空间全部向后翻卷
让我站在岁月的额头
用你来倾听自己血液中回声样嘹亮的声音

北极熊足够成为我们另一慈祥的面容

在冰上行走的是一场无法缺席的角逐，
饥饿鞭子一样痛打雌熊，
让它流掉最后一滴捕食的气力。

我看着她盯着绝望的冰，学习鸟的鸣叫，
被刺，被扎，被砍断四肢之前生出两只小熊。

而后天空起泡，雪手舞足蹈，漫游在死亡之侧。
那头求偶中用掉脂肪的雄熊，眼里闪烁着一潭
苦涩的海水。

它剧烈抖动，可怜的上臂伸进冰中
它终于吃到了环斑海豹。
为了活，他最后会流着眼泪，
将刚出生的孩子撕咬。

其实熊的背面一定隐藏着某种力量，
锋利的牙齿周围，
我所看见的将是谎言。

夜暗下，是纯洁、残忍还是虚弱

这些电视上滚动的北极熊足够成为我们
另一慈祥的面容。

隐约看见大海的颤动

海的身体里晃动着张家界

张家界那张抱怨行李的脸，
下着沙子。

两个背着婴儿的老外，
一盘30元的青菜，
加上网上结伙的长沙旅伴，
从张家界满山海洋的尸骨中落下，
遍地黄沙。

我十年看见的你的微笑如今还活着，
穿着一堆青草，
和埋在了张家界的喜悦。

如今，我所坐过的张家界的电梯，
依旧在霞浦的大海里
上上下下。

我所经历的沧桑已全部忘记了我

海水走进时间的脸，
嘲笑我的懦弱与耿直。

海水抱着鲸鱼，
让我和花朵沉进遗忘。

海水扭着腰躺在船舱里，
海水爬上船上斧头的钉子。

海水荡漾在你的体内，姐姐
天空发出另一场大雨空空的震响。

海水升上风暴的高度
它让我走出你带给我的时时刻刻的欢乐。

我所经历的沧桑已全部忘记了我。

这宁静的飞

飘飘渺渺，一丛白色
这宁静的飞……

看见一只白鸟就能
让我退回故乡的海，
就能跨过陆地的伤，
进入蓝色的安慰。

我不再疼痛。

一只鲸鱼浮出海面。
一句感叹号，
抖动在诗歌的双肩。
每一个向前的日子
意味着陷阱。

你把我按进礁岩的血。
我的喉咙，眼睛与指节，微微蠕动。

你半掩着脸哭泣着飞。
救护车里

女人们为你安上了红心脏。

今夜 生与死飘渺着，
我看你一眼就足够飞翔一生。

鱼卵和书缓慢走在记忆的斜坡上

在我的书房
一本书与另一本书拥抱相亲相爱，
而后生下一堆文字。

在海上，鱼们拥抱，
数以兆亿计的鱼卵，
铺满大海漆黑的莎草纸。

旋转的鱼卵
都将游动在浩瀚的文字里。
夕阳照在大海的水面
我学习鱼吐出微烫的黏液。

鱼卵和书，
一手抱着死，
一手抱着爱
一起带领我们，
缓慢走在记忆的斜坡上。

海路朝天

这是朝向远方的石头路，
让我站在它的背部潜回时光的深处。

我就站在这小小的路上，
让你看见我是如何灿烂在落日里。

天下着小雨，
海洋是一把巨大的短柄漏斗。

暖流啊腾挪，冷流啊蹿跳：
尖嘴鸥啊，飞翔又落下。

姐姐，风一吹，我就躺在海洋的怀里
一转眼就淡淡走完了一生的道路。

隐约看见大海的颤动

我一把揉碎了月亮湾

一群海鸟是一把剧烈抖动的怒火，
熄灭在关上门闩的巢里。

我最后一次打开又合拢起蓝蓝的月亮湾。
十年前穿着浅浅蓝色旗袍的少女，
游进火焰石的肋骨。
把我的手放在蝴蝶的胸部，
挑逗着进入了她的曲线。

一艘大船靠在礁石上仰天长啸，
一粒粒海鸟吞下鸣叫的渴望。

今夜　姐姐
我一把揉碎蓝蓝的月亮湾，
那个浅浅的蓝色少女，
亲爱的　原谅我又一次爱上了你脸上的皱纹。

看见深海里漫山遍野的爱

我一眼就看见深海里漫山遍野的爱：
海星与笙珊瑚正纺织毛绿毯，海绵一身洁白
蜷成雪里的新娘。一群美男子般挺拔的石珊瑚
凝着满天星光，在这个秋天看落叶缤纷。石竹
依旧羞涩，轻摇橙黄的花蕾。水母们梳着长发丝
她们初为人妻，需要耐心打扫洞房。那欲火中烧
双塔样沉重的鲸鱼正垂起躯体，海面上立起又跌落
笨拙的拥抱如同暮色一样苍茫。一只只雌雄同体的贝
相濡以沫，在大海起伏的屋宇中，围坐灯下静静生长。

水滴十四下

第一滴，这片海域里一半的浪忽然尖叫；

第二滴，尖叫模仿着神的暗语，那是星光下发亮的词；

第三滴，词蜕化成歌声，飘进船舱，我的爱情漂流在水面；

第四滴，水面上鲨鱼游弋，它是大海舀水的一只银杯；

第五滴，银杯被神握住，海面与天空间上下，它装满了晨曦；

第六滴，晨曦中我爱着身穿淡粉色的女人，她低头偶尔微笑；

第七滴，微笑攀登一生的日子，这需要克服粘稠的艰险与时光；

第八滴，时光还未抵达晚年，船突然塌陷，我翻进了大海；

第九滴，大海看见我的爱情脸色苍白，旋涡中你摸到了命；

第十滴，命里有水滴涌向寡妇，她头顶的屋瓦覆盖着绝望；

第十一滴，绝望中谁能安抚一颗颤抖的心，水落下轻轻飘飞；

第十二滴，飘飞的是我的灵魂，被爱握着，正数着波浪的睫毛。

第十三滴，我活着的时候爱海，在去往死亡的道路还爱着海。

第十四滴，爱把我拽回人间，悄悄对我说，为全人类写作吧！

我提起整座大海的澎湃

鱼鳞慢慢爬上我的腿。开始，如煤。而后，
黏液干透，褪下了脓血。我疼。我无法呼吸。

我被蒙住眼睛，扔进了大海起伏的陷阱中，
和海豹的花纹们一起长出缤纷的鱼鳞。

落井下石的人赤裸着，互相传诵星光。假如
爱过的人都要致你于死地，我又能替代哪条鱼
长出一身的疼痛？

海象露出长牙就会人模狗样地微笑，
又有谁能躺在荒凉的海水里，一块块数着
宿命中死亡和刑罚到来的时辰。

有的长成了巨颚，有的成为锯齿。
一片鱼鳞藏着死，另一片藏着毒。
举着空空的白灯笼，鱼鳞慢慢爬上我的手，
在我的心脏中游动。
它们最终在我身体的每个岬角都点燃了灯火。

"你要善待疼痛"，鱼鳞说。

也许，一片鱼鳞
足够储藏一生的疼痛。
我还要活过剩余的时光，
我提起整座大海的澎湃，
直至血淋淋的鱼鳞脱落。

一艘裸体的船只在海边高声朗诵

可以听见爱的声音吗？
我又一次点燃手中的烟，
船只出发。

经常熄火的摩托车驮着我，
穿梭在疲倦的水面。
烟燃烧　赞美诗凝聚在磁带的黑翅膀上，
船只出发。

烟发出长长的叹息。
一个夜晚即将死在茶的杯子里。
"人若自洁，脱离卑贱的事，就必作贵重的器皿"
船只出发。

一个上身长下身短的渔妇出现，
一闪又迅速消失。
船只死了，
我又一次点燃手中的烟。

不远处，
一艘裸体的船只在海边高声朗诵。

谁有资格在火烈鸟的红中煅烧我

谁能为你抱走命中的岩石？
当你呼号　海天之间能看见蝴蝶与蜜蜂
在一群芬芳的礁石上飞舞坠落。

灰色女人在浪峰披上头巾，
胸脯和手间都是沙土。
今夜谁向她的面孔弥漫阴影，
谁就有资格在火烈鸟的红中煅烧我。

金色紫色橙色的天使们一路西行，
飞在布满岩石的水滴。
多年以后　狮子跳过了非洲
把头伸进红珊瑚群吞食灵魂。

一粒水把手停在黑女人的额头。
天黑之前　我必须学习和鹿一样祈祷。

煅烧我的何止是这群炙热的盐？
白的姐姐　黄的金的紫的橙色的姐姐，
谁安慰我站在时间深处，
怀抱着最后的热血黯然离去？

站在漂浮的棺木上吃力地喊

冰从世界的头部涌来，带着血腥与枪声。
一群越狱者，另一群难民，挂着血水，
菱形状聚拢。他们在寻找什么？

天上有雨。海中有鱼。冰里有火。
谁站在漂浮的棺木上吃力地喊：
沙！沙！没有墓地的死者，跪在海上的月光，
穿着风衣的北极星扑向大海，它们在寻找什么？

今天中午我经历的那场噩梦，
是否找到它的道路。被海浸蓝的骨头行色匆匆，
沿旋转楼梯不停攀登。它们究竟在寻找什么？

我终于看见一座巍峨的教堂，矗立冰中。
我们站在水滴上，一丛丛水手与船只
明亮着，一句不吭，俯冲在深深的波浪里。

鱼在案板上偶尔动弹

鳃。鲜红。还会动弹。
我切下它的头。
父亲，刮着鱼鳞，
一片片落在白瓷砖上。
它的眼睛，灰白。
鱼胆破了，流出一条
黑河流。
母亲剁掉鱼鳍，
仿佛把旧车厢上
两盏无灯芯的灯泡，
随手扔进垃圾桶里。

这时，我步入中年。
父亲去年80大寿，
和我筹划起明年母亲的80大寿。

摆碗。
关上厨门。
我们一家人在冬天里喝着鱼汤，
没有羞愧，
没有人谈起千里之外的海洋。

墓碑上的白鸟

碑上。静立。阳光踩过她的小脑袋，
又爬上消瘦粗糙的躯体。

当我看它，
脑袋突然充溢起吵闹声。

当我沉默，
它就荡过渔夫的坟，
偶尔在空中抓着枝桠。

我的手，
在它覆盖着白衬衫的鸣叫里移动，
停止，再移动。

礁石瓜痕样凹陷，
墓是一个漏气的短木勺。
一只久久徘徊的白鸟，
我和它
企图飞翔的阴影总算高过了短矮的墓碑。

在黑色的午后用渔火引爆光芒与声响

在你身体右侧打开的波浪上，
石船开始
静止地航行。

大雾笼罩下的大浅滩或许是
阴影里的一个停顿与危险。

小捕鱼船绕过暗礁，
渔民们一次又一次放下空空的网。

透过被台风切掉头颅的灯塔，我看见空白。

有只鸟说，让海盗船犁伤深海的子宫，
让船只与大鲸互相撕咬，月光下遍体鳞伤。

另一只鸟说，让洋流怀孕，让欲睡的雷，
愤怒在秋天的波浪上。

我抬头。我仰望星空。
我在黑色的午后用渔火引爆光芒与声响。

搜　索

一个人带上面具，
它在搜索水母的钟声。

远处的冰山是漫山遍野的火，
当它们燃烧就是你所见到的海洋。

另一个人搜索身上的盐。
头顶上方，
盐粗粝如石；
到腰的时候，
盐幻变成春天细微的花粉；
再向下，盐是十字星，
在夜空中颤动着毛茸茸的尾巴。

从头到脚搜索时光，
姐姐　你的白牙齿雪白。

一个死婴海上起伏，
像比目鱼，在深海游弋前都是我书桌上的那粒尘土。

词和我的灵魂一边呼啸一边苍茫

海滚进书房。先喝墨汁，而后，
脱下滚烫的蓝纹。

我窒息，我呼唤。
海咬住我，淹没我，逼我交出
前世的水滴，书籍粗糙巨大的卵。

有人请求，
以烈焰的声音，给他一点词，一点大海。

海如此倔强穿过我的清晨。
有时是黑礁石，有的是盐，
是铁，是深水里静默的锚。

如岸边的白雾，风一吹，
词和我的灵魂一边呼啸一边苍茫。

舞蹈的蓝海豹

1

火车站白昼里的一个痛哭者
被这个世界剥下的老人全身的血
无论是什么。嚎啕的老人看见了
被割破的旅行包
无声的洞口，在火车站的黑暗里
浸着贪婪的目光，加进了冷笑
一个，或者三个，偷窃者肯定鱼贯而出
把身无分文的老人丢在悲剧的水里

他的血液像海水一样苦涩
在火车站的月台上
血液将他的身体疯狂舞蹈

2

被舞蹈的还有
乡村清香的躯体
你一碰就会发出河流细小的流淌声

那个悲歌中的掌灯女人
她叫我小哥哥

她在街边试图拉着我的手，她妩媚
的目光里闪烁着一盏灯

她迫不及待，她要出卖的
已经廉价

她躺在城市阴暗的小床上
粗糙的液体凝固在罪与恶的前额

她的媚笑是一点点枯萎的夜色
即将开放成村头喜上眉梢的钞票

夜色在摇曳，钞票舞动
被舞蹈的是乡村清香的躯体

谁再碰就会发出河床干涸的哭泣声

3
第三粒蓝色的豹舞蹈在冰上
她的猎手蹑手蹑脚

像庞大的困境。她凹下自己的黑暗
面对镜子一片片脱下柔媚的容颜

还有比死亡更安静的事?
矮胖的躯体在刀尖锋利的白昼

舞动。她旋转肥小的舞步
如同在雷霆上种植一大片火焰与花朵

"挖陷阱的,自己必掉其中
拆墙垣的,必为蛇所咬"

针头布满雷鸣的掌声。此刻
谁掉入平静的绝望

谁就要用一生褪下体内的蓝色
燃烧吧,疲惫的血,她一伸手就碰到了

天空。她高举着自己的灵魂
努力喂足这个世界饥饿的光芒

4

其实被舞蹈的包括我
一点点细数荒唐的日子
我瞬间弥漫了自己的衰老

书房一张张挂着墨的容貌
体态不一。北京的雪飘在头顶，海水
在我的体内潮起潮落

伴随着星稀疏的光芒。罗盘
沉重而又庄严。我无法改变方向
摸遍衰老我只能

穿越墙壁探到那只海豹。我跳进海
仰天长啸。月亮大口吐血，海面猩红一片

命运是一只多么荒凉的词
住在词中我看见自己咬紧牙关无声舞蹈

我们不去陆地，我们是海上吉卜赛人

我们必须牢记自己是海上吉卜赛人。我们不能拥有证件。我们知道上了陆地警察会逮捕我们。我们也很少去到陆地，去了头晕。15平方米的甲板足够容下我们两家人，十多个孩子。当然，还有几十只蟑螂。我们下海捕鱼，用自制的水枪射杀我们的粮食，还要换取柴油与淡水。我们在暴雨天中休息，随水用水泵把海水压出船舱。我们俭朴，珍惜每一滴淡水。我们小心珍藏着生存空间，我们不需要被子，晚上足够漫长和炎热。我们活着，在海水中藏好祖先的传统。我们在海上比陆地自如，我们躲避着闪电、暴雨与海盗，用铁环敲击海底礁石群，赶着鱼群如同高速公路的车辆一样蹿入我们布下的网。我们会丰收，虽然旅游业让我们生活更加艰难。我们会在宇宙里，在波浪中藏好自己黝黑的面容与热血。我们活在波浪里，我们爱着自己的女人和孩子，我们不属于任何一个国家，我们一到陆地上就头晕，我们是海上吉卜赛人。海洋是我们唯一的家园。

珊瑚虫

老人说，窥探动物的性生活是不洁的。但珊瑚虫羞涩的面容经常浮现在我的眼前。和人类随时暗淡的床灯不同，神在高处，指定一个个圣洁的时刻，让全世界的珊瑚虫按着统一的秩序排队产卵：第一个上床的是脑状珊瑚；第二个，别迫不及待，轮到火珊瑚；第三个，是你，对，是蘑菇珊瑚，不要插队。雌雄同体的珊瑚虫如同前往动车的人群，一个接一个宽衣解带，井然有序。仿佛珍珠显耀在水中，珊瑚的卵缓缓上升。是的，日落不久，它们躲藏着人类，在缓慢流动的水流中寻找着精子，在湛蓝的虚无中，顽强着孵化幼虫，穿越着茫茫大海，抵达珊瑚礁区。在这虚无中，越长越高的海草覆盖了时间。珊瑚们喃喃自语，一边嘲笑着人类，一边安静孵化，等待迈进水里的天堂或者地狱。

缓慢

缓　慢

这个给我生命的女人
从小到大没有打过我一次的女人　老了
像被一根内在的线拉着　她不得不
让一切缓慢下来

骨质增生的膝盖
缓慢了下楼梯的速度
一步晃动一下身体
手还吃力地按住梯的扶手
被一根内在的线拉着　母亲
缓慢了剥橘子的姿势
橘子在她手上
一直巍巍颤颤

被缓慢的连同言语
十年前我绕城长跑的细节
昏暗的灯光下　被拉长
重复再重复
那些已经听过无数次的叮嘱
在布满皱纹的嘴角　缓慢吐出
从清晨　一直婆娑到天色暗下

是的　她缓慢了一切　但没有停止
天还刚亮　她缓慢地来到我的床前
缓慢地伸出手
上面捧着一碗蛋汤　加上了蜜
那汤在她手上缓慢摇动

小皓瓦罐

在小皓，母亲让我携带着一坛大海走出家门。从此，海
在黝黑的瓦罐中劈啪作响，清晨时长出碧绿的五官，到夜晚
闪耀如星光。

——题记

长翅膀的婶婶。

她守候着一群耳朵残缺的猫，

弓着身子在露珠上酣睡。

一个接一个死在小皓的老者，

露出久违衰老的黑面孔。

也许是多年没有回来的缘故，

我走出家门遇见了十年前病故的婶婶。

她长着巨大的翅膀，直蹭到地，

也许，她刚爬过灯芯草丛，头发凌乱，

脸上残留着露水摇晃时的红晕。

她扭动着肥胖的影子，海水一样，

一层一层走近。

她说我三岁时她一直抱我，

她说我现在是城里人，每天都有酒喝。

她在空气中舔了舔嘴唇，仿佛在人间痛饮。

她蜷缩起鸟一样的脚，扇动翅膀，

背朝渔村向西飞去。我看见，那三岁抱我的人，

她栖息在一棵树上，还怪笑了三声。

这时有类似雷声震耳的虫鸣在八步之遥，

在漫漫夏日里，长成大海轰鸣的吼叫。

咧着嘴笑的大侄儿，这残疾的大侄儿

其实也死去了三年。大哥是长子。

大侄子出生时，被两棵杨梅树祝福。

一棵垂下夏天的头颅，

"男孩，男孩"，一群人笑得合不拢嘴。

另一棵十来年逼迫他成为一只庞大的花蟹，

抱着自己半瘫的身躯，横亘在竹椅子里。

当你对着他说上几句，他咧着嘴对你笑。

他无法行走，也不会言语，呆滞的眼睛看着。

即使朝他骂，他最多蜕下咧着嘴笑的姿势。

海浪把沙子灌满他弯曲的身体，

晃动着他的渐渐失去血色的面容。

偶尔他会叫唤，在渔村上漂移月光，

当海鸟飞过云朵飘飞的天空。

当我走到了村口，一片树叶落到我的肩膀。

他是已经死去多年了。他想对我说什么？

冷冷的海风中，我模糊了故乡起早贪黑的背影，我看见大侄子背着那把竹椅子在酣睡。在海面上。

水鬼舅舅已经成为了一个话题。
他其实比我大不了几岁。
在台风中他被一个人孤独着留在海岛，
用石头当月，用贝壳当年
数着生命的年岁。
当他将积攒的全部的海带
进贡给路过的一艘船后，
还是被人赤裸地扔进了大海。
从此，每一个失去亲人的人，
都向回来的船员讨要亲人。

花 朵

废墟上的花朵都枯萎了
我倾注完最后的泪水但都无望
它曾是闪亮的珍珠
包裹在海底偏僻的贝壳中

在风浪汹涌的街道上
在一次次看见放声歌唱的星光后
花朵仍在变黄　仍在露出枯萎的微笑
依旧渴望着春天里再次绽放

花朵就这样开在我的血液中
终于消失了
如同我飞过了高山
俯视到一点点干涸的溪水

长颈鹿

就如同有些时候忧伤充满我的心
我的体内有两只搏斗的长颈鹿
一只高昂着头静静站着
另一只低头用尽全力向它撞去
这撞击如同波浪样荡开
被同伴所伤的那只鹿
如烟囱倒下

作为没有声带的长颈鹿
无法学习哭泣或者欢笑的声音
一切都只能在寂静里

如果有一天
鹿无法忍受沉默中悲伤的吟唱
就让我拿起一盏明灯
去寻找一队散开的星群
和鹿一起
安静地享受这满天的大海的喧嚣

她跪下如同一株温柔的香树

是什么痛倒进了我的灵魂
这些年我总是徘徊在命运的低谷

还是会想起在那个夜晚
她在教堂缓慢跪下
双手合十
面容圣洁

那个夜晚
星光爬着木窗
她为我在深渊中端来梯子

那个夜晚
她从自己的体内
为我拉出一个崭新的黎明

那个夜晚　她跪下
如同一株温柔的香树

月光田野

月光　月光
今夜你爬上我的书桌
向我讨要20年前你飘逸的影子

那时　一块田埂塌落的时候
我的手正搭在你怀旧的目光
就因为在人群中多看了你一眼
月光　月光
你的长发被印刻在墙上、地上与我的心上

我无法再用自己的想象阻止
今夜流泻的月光　风行土上
一声清冽的足音　一次遥远的凝视
与我们同样浑身上下
被月光浸透

当黄叶飘飞的时候

乍暖还寒的湖水羞答答地
脱下冬天的嫁衣
你朝向前方离去
我沿着另一个方向消失
在这条黄叶布满的小道上
就这样　黄叶用躺倒的巨大阵势
唤醒我　让我缓缓举起过往的时光
久久停留

百合花中燃烧着一座大海

一朵，两朵，一群的百合花，
站立在遒劲的树枝上。
她们呼喊，她们欢笑，她们哭泣。

当我的手指滑过她们娇嫩的肌肤，
微微的香气诱惑了我整整一生。
姐姐般的百合花啊，
为何你的消失会如此迅疾，
从此枯萎在时间的深处？

在沉默中，在大风里
我是你悄悄深藏起的一座浩瀚的大海，
那里有一粒粒渔村、两个岛屿和一首歌，
那里有人死去又有人跳舞。

姐姐般的百合花，
我多么愿意成为你心脏中深藏的燃烧的大海。

重新学会拥抱台风中落满红梅的大树

我　一个来自农村的孩子
习惯用大哥渐渐弯曲的身体打量乡村
习惯幻想过年的压岁钱重新出现在门口的草垛上

多年流淌的溪水已经干涸
被童年的我骑在背上的黑牛全部消失

我站在自己出生的地方
寻找那透过我童年照耀我一生的光芒
用野草推开石头的气力抬起城市的辛劳
用一个乡下人的笨拙
重新学会拥抱山坡上那棵台风中落满红梅的大树

一群沉默多年的葡萄忆起遗忘的笑声

你们说，你们的出生是在一座破旧的古屋中

你们说，你们的少年在割草砍柴看着父母一身贫穷

你们说，长大了一下雨就死盯着城市中自己恐慌的眼睛

你们说，回忆起童年时总是微微露出点笑容

你们说，曾经被男人伤害已经不再相信男人

你们说，做梦的时候会梦见被一颗星星嘲笑

你们说，会在纷繁下落的石里让太阳飞翔又坠落

你们说，会夹在无法动弹的上下班中被时间夹疼

你们说，你们是一群沉默多年的葡萄

总是在回忆起遗忘的笑声

感　恩

这个清晨我一直倾听一首歌
轻轻的歌声让我心花怒放，
不再害怕，不再恐惧，不再贪婪

一群鸽子，有黑有白，还有灰，
在窗外发出一阵阵"咕咕"的叫声，
它们飞翔的姿势矫健又敏捷
一只小麻雀，双脚抓着我旁边的窗台，
头急促转动，看了我一眼，
不一会儿就飞走了

又想起，我曾和我爱的女人，
隔着一层白白的纱帘，
神情安定，坐在阳光初绽的窗前，
泡着铁观音，静静看着窗下的风景：
阳光照在一片片的叶子上，
满树叶都半黄半绿清纯可爱。

这个世界我曾苦过，恨过，
被伤害过，绝望过。
如今，我已慢慢遗忘了那些人的脸。

因为，我有了温暖的阳光，
有歌声，有鸽子，
还有，对她轻轻的思念甜在心中。

清晨时分，我坐在窗前，
我爱的那个女人，她是否正梳妆打扮？

被窥探的蓝眼泪

沙滩上散发出神秘的光芒
海浪拍打过　这些眼泪就亮起来

有人说　在灯光渐渐暗下的灵魂里
你走过的地方就留下一串串的脚印

在我的脚上　腿上　手上和心上
留下了阳光一样温暖的感觉

姐姐　一波海浪还未退去
另一波又抵达我们的清晨

你浑身披满了蓝色的眼泪
仿佛天使一样飞在海面上

词或者血

我的每一个词都是一滴滴血
它粗糙
经常在黑暗中唠唠叨叨和自己说话

月光如果从树梢上移走它的影子
词就会梦见天空里暗藏的彩虹
那是上天对我的盟约
如果我如同昨晚在李珠荣家中听见久违的雷声
词就忍不住跳出来，闪烁着微微的星光

这些年下来，词明显瘦了
如果能依偎在呢喃的海潮边又一次用血交换它
那我所有经历的时光都将包含深情

野　牛

有什么比雨中静静望着满眼泪水的野牛
更加忧伤。如同久别的兄弟，
它无法尖叫。它心脏中的火焰被大雨熄灭。

整整十年后，我离开了非洲。每当我遭遇磨难时
我才发现，能让我在雨中唯一想念的是
这只十米开外静静看着我的哭泣的野牛。

隐
约
看
见
大
海
的
颤
动

四月的后海柳絮飞扬

一双双纤细的翅膀，覆盖着白色羽毛
在你瘦弱的肩膀上弹奏钢琴曲

苦涩的浓液从时间的嘴角流淌
她们悲叹：存放我的骨灰时必有雷声

是否还有更加美丽的思念？
她们依旧无法说出合适的言辞
只是在后海的头颅上举起一群飞翔的身影
姐姐　在一生的重负中
她们如同举着一大片布入眼帘的火焰的灰烬

梦见外婆

因为家中妇女奇缺，八十多岁，已基本瘫痪，
迈不动脚步的外婆，只能将衰老的躯体跪在地上。
在清晨时分，天刚亮，她就摸索着下床，
从里屋的地板上，走一点挪一下，走一点挪一下。
她只能用尽全力，缓慢地爬到十多米外的厨房。
也许，此刻，鸡已鸣，天已亮。

对我这个在城里不经常回家的外孙，
外婆把我放进嘴中都怕会化了。一看见我，
放下手上所有事，泡加枣的甜水，
转身从仓库中取出我最爱吃的小黄豆：
起火，烧木材，锅一热，下油。而后，
外婆看着我吃着香喷喷的小黄豆开怀大笑。
过年时看见我就哆哆嗦嗦，
从黑色围裙中摸出一元二元压岁钱，
固执着要我收下。

书香门第后代的外婆，我妈才三岁，一场大火
烧毁她所有的房屋与家当，倾家荡产。
外公几乎双目失明，靠意识写字教书
以换点粮食，但外婆节省持家，养十多口人

毫无怨言。村里一个人走了，
我深夜在她身边烤火。她指着一只昆虫，
笑笑对我说，那昆虫是那个人的魂魄化身。

外婆走的时候我在上大学，心中牵挂，
又无法伺候在她身边。听妈妈说，
临终前她虽然重病在身，
彻夜难眠，但一直在念叨我的小名，
保护我一生平安，家业有成，孝敬父母。

每次我去福安读书，和父亲走在黄大道上，
猛然回头时，我总能看到，在那棵大树下，
外婆不停向我挥动瘦小的双手，在风中吃力地，
用霞浦话向我频频呼喊："把书读好！阿福！"
路越走越远，外婆逐渐变成了一个小圆点，
只有那双手依稀可见。

我转过头，对外婆喊：
"外婆，你回去吧，天黑了，我会好好读书的！"
我那时是一步三回头，我不知道下次回来外婆
还在不在。但我知道，她是迈着小脚一拐、

一拐，慢慢地、吃力地挪到了山顶的那棵大树下。

来自我童年的爱就这样温暖我的一生。

青春已经被蚂蚁搬运完毕

我身上的青春　靠着沙发喘气
众多疯狂的黑雨点　密密麻麻
滴进众多事物的湖面

日历如同一块块墓碑
这么多轻轻走远的时光一去不复返

多么渴望能够出现意外的安静
把自己从粗糙的生活中卸走
在无法恢复浑浊的往事中
我的青春已经被蚂蚁搬运完毕

而我
将属于哪一块土地
或者是一声海洋的嘲笑

在爱的石块中发亮

——写于儿子张珂维一周岁生日之际

当白色的石头软下
仿佛一年的劳作盖上柔软的睡眠

孩子　家中圆滚滚的波浪
会找到工蜂的手表

当你的秘密
不断照亮生命的通道

而我的秘密中央
在这七月种下对你一生的愿望

只要你在一生的行程中
可以微弱发亮　微弱着
将名字嵌进爱的石块里发亮

在监狱里朗诵诗歌

一个上午结束了
我真担心自己永远站在那里朗诵

从一道道铁窗通过，
我们出现在那些抢劫或者斗殴的孩子们面前

德安的声音有些发涩
童贞一样保持着低沉
当他说到教堂沉入海洋
监狱有些摇晃　甚至哆嗦

随后　声音在众目睽睽之中被晓风相抱
这个难得的春天清晨早起的少女
她带着自己的体温　还有石头和瘦弱
立在伤口之上　忧伤而且美丽

伊路在2000年1月1日看见的太阳
有些不合时宜地出现
"我感到生命的遗憾不是死亡
而是没有把一个人做足"
发冷的监狱有些温暖

我转过身　看见难得感动的吴季脸上
努力爬行着一首赞美诗

毕加索石雕

那时是早上4：00
时光一点点在南京的窗外碎了

我蹲在南京风中重新打量
石雕上的笑声
它无法藏匿起一座光明的花园

如今　它在书架上站立了整整十三年
我曾经问候过的女子结了两次婚还是单身
那些我曾认识的人有的已经进了监狱

可它还是站着
为我隐瞒了对世界的惆怅

想起与剑平打牌

灯光越走越近　有些突兀地爬满剑平的脸
他用写诗的双手熟练着翻动着牌的四肢
那时　生活已经隐退
8月份可以装修的房子
108平方米　有些偏远
但可以安全舒适地放下他的身体
那些被超度的语言
那燃起火柴的焰火
以及我曾经朗诵过现已有些遗忘的坟墓
被牌的声音压在桌上

一整块夜消失了
一首诗被剑平带错了方向
中途辗转但又安全到家

人造鸡鸣

我的孩子现在每天
对着色彩丰富的卡片认字

"这是鸡"
乡下的保姆说

"鸡有公鸡母鸡"
保姆的声音进一步走进乡村

"公鸡的叫声是'咯咯'"
保姆足够熟悉乡村

"咯咯……"
我的孩子努力重复着
随后迅速掌握其中抑扬顿挫的韵味
涨红的小脸洋溢着胜利的喜悦

"咯咯……"
我一天的生活充满着欢乐的声音

其实没有谁看见

一条遗失在城市的回到乡村的道路
是以伪装的方式到达一个父亲的软肋

在夫子庙看雨花石

让手重新握住石头的脸谱
让美丽的山河靠着石头胸部灿烂无比
让一群群凝结的水找到崭新的光明
让白色的石头提着昨夜飞翔的词语和灯笼

让我的手指五个成为雨花石爱过的五个男人
五次朝向天空的祈祷

一只鸟死在教堂的屋顶上

有些凌乱的羽毛
呆呆落在教堂的屋顶上
风用手把教堂窗户摇动
向上三次　向下五次

电扇在教堂里盘旋
发出嘎嘎声响
显示出陈旧的力量
一只鸟　也许被晚年和疾病覆盖
它的身体上面覆盖着白色的雪

风再次用手把教堂窗户摇动
向上五次　向下三次
我向着教堂走去
祷告的人们正齐声唱着赞美诗

这时　一个男人
在教堂有些凌乱的栗色长椅上
空出黑漆漆的位置
他听到了一声清脆的鸟叫

我在雨中的阳台上看烟雾腾起

迷惘是一条黑白相间的蛇
穿梭在我的十指间
夜幕落下
人群雨滴样散开

几十年就这样花光了
青春褪下鲜嫩的外衣
前面是迷惘　后面是迷惘
匆匆忙忙的人啊
烟雾的末梢
我看见你们满是惊恐的脚步

我在雨中深深吐出一口烟
烟不知去处了

去听一听时间在她体内行走的声音

黎明。我打开手表，在白纸上一画，就有
井边打水的人，站直身体。
她身上凹凸的曲线，穿着光线薄薄的衣裳，
从晶莹缓慢转向灰白。
我知道，一个少女距离一个少妇，
一个少妇距离平静的晚年，
是朦胧的间隙，不长不短。

在黑暗到来之前
我踮起脚尖，踩上她体内的台阶，
左转右转，绕过荷尔蒙、体香、生长的皱纹，
到血液深处，寻找词语游动的位置

在黑暗到来之前，我始终倾听着
她身体里时间行走的声音

天空奔跑的狮子

也许是靠青瓷煅烧后的灰斑点才认出了她
风在飞　天空奔跑的狮子　喘息着
张开黑漆漆的大嘴
在窗外搬动庞大的声音和躯体
似有似无的脊梁下
她的腹部急促收缩　鼓胀　再收缩

"回忆总是如此忧伤"我努力要
放弃任何记忆　来到她宽阔的表面
在黑暗中静静让树木的晃动成为
与我无关的不眠灵魂

可风在飞　被搬动的是书桌上看似平静的事物
漆黑的马头灯　土灶下
一团微热的木炭堆　从山头落下的雉鸠
和围绕在火堆现已离开的长辈
他们现在是否还聚在一起听这风声

"婶子　吃了没有"
一个残疾玩伴跨过门槛
他对我母亲的问候此刻在风中还相当清晰

是啊　风在飞　越飞越远
一个人在深夜被搬动的
何止是这些

一瞬间

这个下午在一瞬间停止

一瞬间厨房响起行走的脚步
我在书桌前抚摸疼痛的中指
在灯光下想照见是否针藏在血的外面

一个下午是一场更加诡秘的戏剧
如同荒芜多年海面上缓缓移动的破花园
我摇摇自己的肩膀
你是虚弱不堪的海水

一瞬间是一个下午也许是一个时代

感 动

一群蚂蚁迈着忙碌的脚步爬过树枝
地面闪烁出铜板大小的光亮

一只翠鸟忘记了天空的高度
旋在半空疯狂拍打翅膀凝固不动

一个老乞丐躺在大街电线杆边
清晨的阳光倾斜在他肮脏的脸庞

还有北京的同事高娟在狼牙山回来时
奔跑在停车场高喊着"幸福哥 幸福哥"

穿越一线天

夏天。灵魂的香气在我们之间紧紧攥住一缕气息
登上去　不用按着光亮　和登上来的风

登上去　慢慢氲开黑暗
把自己推进石头狭窄的内部　登上去

可以偶尔软弱得在时间上歇歇吗
放慢花朵枯萎的速度
可以在距离陡峭最近的地方
摊开常年葱茏的树叶吗

登上去　因为词语不能掩饰真实的泪水
离去之前　木头会举起稀疏的星光
打开我的心脏　我的血脉
深情注视内心一粒粒的雨滴

登上去
我读着"痛苦漫过自我的指尖　唯欢乐是为了人类"
这是鲁西西的诗句
倾斜的台阶逐渐站直腰板　整个天空重新搬来了蔚蓝

登上去

你会看见一群已经赎罪的蜂鸟在阳光下轻轻歌唱

隐约看见大海的颤动

一个癌症患者在公共汽车上引爆炸弹

2005年
闹市区里一辆公共汽车
在白昼里爆炸

伴随黑烟腾起
仿佛是乡村草堆上空的饮烟，
不同的是，烟拽着凄厉的叫声，
把血液捧起，在空中飘飞

一个癌症患者，以恐怖者的胜利
引爆了城市和30多个百姓的痛苦

他临死前的面容是一朵有毒的玫瑰
他摘下了自己锋利的刺

在冠豸山

我喜欢羞涩的事物　一只老虎
穿过黑暗小心翼翼捧起玫瑰的芬芳
在冠豸山　半个时辰前的大雨把翠绿放回原处
不带叮嘱

我喜欢缓慢中的变化　清晨
一只白翅鸟在云端上双手合十不停祷告
阳光温柔得盖住它慢慢圣洁的小脸
在冠豸山　夜晚漫上怀春的少女
暧昧从她们身体的湖底深处缓慢浮现　似明似暗

我喜欢渴望从倾斜到直立　中间没有阴影
在冠豸山　生命之门光明地赤裸　不远山坡
生命之根从光线中抽出激情的模样
　"为什么一定要有床"
他们在人群中互相倾诉和亲吻　甚至
天黑之前就完成了一切
一大片深绿色的叶片射向幽暗的深处

我喜欢世界上的秘密幼兽样在眼前晃动
七月的冠豸山

七月的暗示在湖面上空盘旋

一个人在冠豸山

一个人跪下　在一棵草张开的双手上

抚摸万物诞生时神秘的响声

搬　运

炎热的夏天突降暴雨
湿透的人群立刻站在烟雾中

大街上的肢体开始裸露
有凹有凸有粉有绿有长有短
常让人们的目光突然潮红或者急促

而我正努力搬运体内的一件物件
如同在黑木柜中挪动放置多年的旧物
一动就"嘎"的一声
在灰尘中留下痕迹

又如同在雨滴中搬运泪水
这个夏天
我把冬天一点点搬运出体外

悼冰心：海上母亲

她说：中国缺少海化的诗人
————题记

风：海上橘灯

这盏灯是年轻的风
年轻的我是站在鲁院你的墓前
被吹拂的

这是橘皮削成
里面点着小蜡烛的灯
它还亮着
当我从书桌边一抬头就来到你的面前

还有更多幼小的心灵看见了
沿着你的光明飞翔
而我　今夜撕开了海上皱纹满面的大风
让笔提着一盏安详在水中的小橘灯
让你带我去窥探那蓝色的汹涌的大海

雅：海上宁静

我走在一片寂静的光中
在一个雕塑轻轻的呼吸声中
借黄昏的手翻阅美学与建筑
有时还翻翻残留桌边的古希腊史

这些寂静一次次滴落
从我眺望叫冰心的海鸥目光中
看到更远的远方

我渴望着这只海鸥骑着一片云彩
在黑暗中行走　在灯中祈祷
穿越着时代丰满着枯萎贫瘠的岁月

只留下我　在寂静的海上看书
听着寂静之中一片洒在书桌上
成为猫形的灯光的歌唱

颂：海上母亲

我不知道又有多少只船启程
他们黑点样的身影渐渐遥远
透过泪水迷糊的眼睛
我只看见有一位母亲在海上

有多少悲伤我同样不清楚
与其悲伤不如平静地仰望
我们的母亲善良地飞在海上

我们的母亲　她穿着洁白的海上歌声
如晚归的白鸟　她看见皓月或者繁星
还有海上那永恒的蓝色

一个破裂的玻璃杯

我始终不知道为何有一个破裂的玻璃杯
距离铁会如此接近

谁让今夜玻璃杯里的暴雨降临
谁用力扯下你鬓白的树叶
谁躺在床上呼吸　缓慢写作
谁把我孤独里看见的洁白阴影
烤成漆黑

杯会把它的残缺塞进你的怀
大风涌动　玻璃会把你搂紧
明天未降临的大雪是你丢下的餐巾纸
大风停息　隔着玻璃我距离死亡
只有一张脸

被伤害的杯　奔跑过灯光的杯
刚学会在暴雨里歌唱的杯
在杯空空的瞳眼里我终于望见
大海飘动在透明的四壁中

孤独而美

城铁在楼下吆喝
把黑夜抱进酒吧

从旋转楼梯上去的人拥挤
面色凝重

灯大口喘气
空气开始叫喊

悲哀是一块擦桌布
细小的布纹

孤独而美的是你在远方
在远方

被怀念的
总是在远方

当北京的风凛冽刮起的时候

这是深秋
风里含着黑色的泪
被吹散的人们无法找回魂灵

被歪曲的还有晨风里的树
突然赤裸
大地上落满一地感叹

一个人用力踢着树
在风里
他看上去如此单薄

嗓子在铁一样的风里发烫

树中干枯的词
寂静地呐喊

收割寄居在将被征收土地上的上海青

寄居在将被征收土地上
上海青将被收割

你迈着微小步伐
收好人民币后
带着城市的胃
一闪
又一闪
跃出一道光

还有一团火在跳跃

那是泥土失散多年的兄弟
裸着锋刃
和青菜一起
最后一次用力呼吸

一个人空出

你说，他有着温存的霸道，
如同他身上难忘的烟味

这时，一个人空出他的躯体
空出他的呼吸
空出了他的回忆与伤

在空中飞

元旦将至

音乐在房里环绕
普饵茶黑里带黄的面容
慢慢走进我的胃
温暖了我寒冷的花园

明天是新的一年　而我
在一首歌里试图忘记
生活的苍凉
努力继续用
感恩的心宽慰一切

在这距离新年很近的时辰
父亲告诉我说：
　"宽恕一个得罪你的人，给他水喝，给他饭吃，
就是把炭加在他的头上"

无论等待，或者逃避
我都在自己的世界里
打捞残余的温暖

雨让风怀孕了

有一些雨是不能期待的
狗吠声声
一滴雨足够你痛哭

也足够让风怀孕
在痛苦中诞生你
让你成为风与雨的孩子
让你吐着舌头
烙进铁的四肢
还让你的灵魂四处漂泊

离去时
有一些雨总是下个不停

梦

或者这只是一次平凡的探访
一个亡者的魂灵开始抚摩生者的脑部

一只昆虫洗了洗月亮
漂浮在半空照耀大地

这么多年来　我的家族逐渐成了秘密
成为戏剧的苦难在鱼的嘴唇被打开

这种探访最终无法成行
不知道是否要结束生者2005年的无数忧愁

面　容

素服的水
儒雅之水
国家之水
切入一棵水鸟的根部
让人们成为一塔海水的受害者

而我们
六月的虱
无处回家
只有绝望地看着烈日下的绿树
远方图腾的回光镜向水深处照耀
溅起的面容让人忘却陆地的寓所

能否固守住一个心灵的不完整
一个表象
当我们眼含热泪看着水面时

内　疚

晚饭刚吃完
妻子习惯的语调把儿子推了推
"你最爱谁？"
"阿福！"
儿子一点也不含糊
——他两岁就纵容一个男人掠夺他人果实
不用脸红

我的也叫幸福的老师

可以后悔吗？这个夏天，
端午后的炎热在敲击车的窗户。

在外人看来，你有车有房，你也叫幸福，
你没有理由过得比别人差。可是，我的老师，
你是好人一个，不抽烟，不喝酒，不乱来，
他会在农庄里，蹲下身子，帮助任何人砌砖，
像不远处的庄稼一样，朴素、安详，
一脸幸福的样子。

你可以告诉我结构力学的规律，
还让我能得很高的分数。
而现在，我的老师，
在这个风雨交加的夜晚。
除了健康一切对你已经不重要了。

我的也叫幸福的老师，
我的好老师，雨还在下，
可雨不可能下十年。

在杨家溪

10月　杨家溪的枫叶还没有开始红
溪畔的白鸟依旧自由飞翔
夜色茫茫　星星在头顶闪烁

碧绿的溪水边沉默着一个人
她不说话
在深圳　她话语连珠
在福州　她可以一激动就站起
用酷似我姑姑　用美妙的声音
填满我狭小而阳光普照的家

而此刻　她不说话　大自然
让她安静　无边的清晰的空气
让她安静　让她看着溪水　一待
就是一个上午

这个沉默的人
她站起来　再次看了看渡头村客栈

在机场挥动起告别的双手时
让我忍不住
把她当成前世的姐姐

在人间

在这个人间旋转　上升
而后下降
前面是一条又黑又长的走廊
白鸟凄厉的叫声
一阵阵从我书桌上冒出

同时沦陷的还有海洋
从陆地退回
将辽阔　爱与时光
一点点褪下蔚蓝

在人间　往高处眺望
谁会像雪花一样洁白

飘在混沌的生活里

两个盲人从我身边开车而过

在通州的运河广场边，我走累了，
看着河面发呆。一群燕子贴着江面，
高高低低地飞着，看来明天下雨。
我烦恼着自己遭遇的不公，
宝贝也正在闯着一场不小的疾病。

突然，我被两个戴墨镜的老人吸引
——他们坐在一部红色双轮车上，
黑黑的眼镜在暮色下有点突兀。
我看见开车的老人，小心翼翼，
颤颤巍巍地扶着把手，表情严肃；
另一个老人头凑着他的肩，
嘴里嘀嘀咕咕，不知说些什么。

当红色双轮车从我身边缓慢开过后，
我拿起手机，告诉宝贝：
看见了这一幕，我们那些小伤小痛，
已不算什么了。

病中的宝贝笑了！

在北京看见红珊瑚

珊瑚会展翅　会爬上
一滴海水阴暗的四肢
会高声歌唱　还会朗诵着
在光和水的前额

回家吧　海面上
飘过三千年前的船只
而我　在北京　看着你娇嫩的身躯
挥一挥手　看着你如同一颗星
在北京的大街闪耀

在晓风书屋想起刘伟雄

在冶山路上，前面，是雨
和雨中慌乱的人群。更慌乱的是
我前面的道路在哪里？有人远在他乡，
有人近在咫尺，但他们又仿佛
与我无光。

走进晓风书屋，从黑到亮，
一本本书躺着，好像比我更寂寞。
这个世界看书的心情总是有些失落。

在书与书的距离间，我看见俩老乡的身影：
这个老乡，我高高的喝酒醉了趴在桌上的
局长老乡，他与宜兴老师透过书架聊着，
两张干净的脸。

我不好打扰，静静离开。
只是，他们很快可以回到我的故乡。
而我，又要离开故乡去远方。
那里，前途迷茫，看不到故乡的海。

对 嫁

当我小的时候，我二姐嫁给了我二姐夫
我二姐夫的妹妹要成为我二哥的妻子。
在乡下，这是姑换嫂，双方免彩礼，
而二姐成了二嫂的嫂子，
二嫂成了二姐的嫂子。

母亲很得意这门亲事，早晚忙个不停。
花轿、鞭炮、喜酒，都是乡下最隆重的。
我二姐死活不肯，上轿时大叫："老天、老天！"
一脚踢翻新娘的嫁衣。
可以理解，我二姐夫木讷，没手艺，
只会傻笑，踩三轮车。
我二姐说，以后家中有点不顺，就怪自己，
当时为什么要喊老天诅咒自己和未来的家。

我二嫂认命。她一脸害羞地过了门，
默默无闻照顾田地、鸡鸭、孩子和男人。
二哥得了癌症，她默不作声，
一会儿拿饭，一会儿看输液，
照顾二哥六年了还活着。

现在，二姐也混得不错了，
买了城里两间房，
儿子一个学修摩托车，
另一个在重庆做雕塑。
孙子孙女绕着她膝盖转。
二姐夫对她体贴入微，
大气不敢多喘一口。

二哥更是有经营头脑，
在城里买了四层房，
孩子学厨师，学做生意，
过年时一家人回来团团圆圆。
二嫂还是不怎么说话，
围着满桌酒菜一声不吭伺候着。

老母亲有时会看着这两个女人，
把日子红红火火过下去。
她一脸微笑，也一声不吭。

倒坐着三轮车离开金金的住所

四月的北京又一阵大雨降下
咖啡馆中的气息
让我想起福州慢咖啡中的时光
我一边踩着楼梯上上下下
一边无意中又回忆起那些离去的音容笑貌

在一个眼睛会说话的女子面前
我们讨论着人生的使命感受
"很多经历总是一场梦"我说道
金金惊讶着我成为一个成熟又怀旧的人

雨还在下　一阵风来
走出咖啡屋的她被风吹乱了头发和围巾
而我倒坐在一辆急驰的三轮车上
在崎岖不平的公路上狂奔
看着眼前刚刚熟悉的楼宇和卖水果的摊子
一点点消失

我紧紧抓着扶手
那一阵阵跳起的颠簸
让我慢慢伤感着将要离开北京的夜晚

光照在石窟上
——纪念世界遗产塔西利·那杰鲁

我曾经打开一颗菊心中的海水
想看见无穷的月光用脚漫步过的足迹
可就像月光一样塔西利·那杰鲁
你美丽的肢体飘飞在静寂的天空

也如同昨日在我目光中消失的群鸟
它们最后绝望的叫声响彻在我的耳旁
在荒凉边缘　突然间　石窟壁画悄然出现

这些大块大块的色彩与灿烂于黑暗中精美绝伦
你是那么纯洁　没有任何欲望地穿越时空
又是那么坚定　没有信念同样跨越了生存的耻辱

塔西利·那杰鲁　你这些忧伤的言语
又为谁如此柔弱地坚持了一生的诺言
拿起倾听你建筑的耳朵
我又一次看见3000年前一片雨水为生命歌唱

注：塔西利·那杰鲁的图阿雷语是"草盛水丰之地"

长诗：打捞与敦煌泪

打　捞

1

我蹲在寂静的水里是因为我正打捞。
我打捞一朵咆哮的紫海浪，它飞进内在的海，
它学习一只鹰边盘旋边照亮我的寂静。

2

关灯睡觉。我寂静是因为我躲着打手，
蒙着臭被子打捞一粒头粗尾细、浑身湿滑的词。
我躺着哈哈大笑是因为我打捞的词爱上微笑的虎鲸，
我缩在被窝打着冷颤是因为我惊讶水母酷似你的脸。

3

为什么凌晨未到我起床？我摸黑打开办公室的灯，
空荡荡的走廊仿佛刚洗的直肠，一群细菌打捞着
船队与星辰亲吻的磷火。夜晚偶尔吹过的风，
在指纹打卡机猫眼的光里，打捞海草遗失的族谱，
以及她们背井离乡的路线。

4

打捞流过少女嘴唇的旋涡，秘密安葬镜里倾斜的天空。
打捞海螺，让它在血液里嗡嗡作响。
还要打捞暴雨里破败的帆，
把它种在死亡的水中迎接黎明。
打捞礁石根部爆裂的海蛎，镶嵌成
渔民世代遗传的黑眼睛，让他们长大又回到童年。

打捞宽厚的手掌，让海浪拍拍手窗外就爬出一轮日出。

打捞悬挂冻结的歌声，它梦见自己蜷缩在水蛇的舌尖。
打捞黄昏里一声呼啸的风，迎着太阳细小的体液
蝴蝶一样飘飞。打捞海里铁器和舰艇，罪已赦免，
火焰侧面的魂灵，即将学会在惩戒的杖下谦卑。
打捞洗濯后的蜥蜴和二胡，卸下他们的吸盘，
伪装成一只鹰在水里扑腾的愤怒。再打捞一小撮盐，
给衰老者喝下，陪伴他们天一亮就起床祈祷。

打捞一缕黑发，大海卡在黑笼子里振动琥珀的翅膀。

打捞灯塔失眠后的徘徊。打捞海底一口铜钟的耳朵，
去倾听海鸟回忆的声响。打捞海岬消隐的一轮弯月，
她抚摸过渔夫焦渴的肌肤。打捞信天翁的喃喃细语，
他一生只有一个伴侣。打捞船骸上葱茏的青草，
和死去的水手放出裸体的鸣叫。再打捞潮汐里的螃蟹，
和珊瑚同时缩成海浪房间的一盏灯。打捞发芽的木桨
将它收为儿子，把它紧握在手心，我们一路向北漂泊。

打捞腓尼基人第一次环海航行，
试一试手弹耀眼的船纹金币。

打捞一口潜水钟的面容，鲑人的下水的姿势
这些绽放的烟花
使你忽略了坠落的迅疾与残乱　打捞推开
世界一扇扇门的沧桑的手势　为什么
魔鬼的传说布满海面　人总要一次次抬起
惊讶的目光　再打捞海盗身上凌厉的海风
癫狂的波涛和殊死的搏斗　打捞喷溅的鲜血
吃老鼠肉甚至尸体的船员　刚刚熬过死亡的孤独
爱啊　从阴影和光明之间
人能进入六月慢慢暗下的花园吗

打捞一群群仰天长笑的鱼　带着满身的腥味
撞进我书桌上的木纹和裂缝

打捞我血管里响着海浪拍岸的声音　清晨歌唱
白昼堕落　在她的枝叶里　海面蔚蓝
打捞一个少妇切开鱼翅后看见的彩虹　打捞
海豹滑进海洋的声响　灯塔亮起灯光
一个诗人和徐福在木箱子里寻找书籍和书稿
他们什么都没有找到　再打捞蚂蚁一样人的灵魂
那么多人灵魂挤着灵魂　利益贴着利益
肮脏的交易龌龊上演　在黑暗来临之前
谁能射出疯狂的海水　打捞三趾鸥幼鸟的饥饿
它们大面积失去食物　一天天吞食铁丝
打捞回归的海星鲜花一样的四肢　给她镶上
紫色的虫纹状花边　在粉红的底色　因为
大雨总是在你意想不到的地方出现

打捞一只鲸　敞开它的教堂　浇灌
她自己的花萼　要它自己抚平自己的伤痛

打捞甲午海战耻辱的瓦砾　血和火的较量

和李鸿章一起裱糊大清朝这座破屋　打捞三叉戟

从战士们的肌肉里抽出纱布　从潜艇的肺腑中

搬出威严和岩石　在水密舱壁远望军号的鸣叫

去倾听轰响　抹去被战斗摧残的死者的脸　打捞

浪花里的刀与剑　去啮咬巡洋舰与导弹的手

和暴烈的硝烟一同潜进人类的贪欲

给高飞的铁拳精致的鸟笼　再打捞

海盗的交易　劫掠财物后狰狞的笑声

把人质孤单的蜡烛在水面上点燃　沅沅飘去

打捞几千年前溅进贸易衣襟的月光

在高高的阳台上　他们穿越人类黄金的领域

打捞瓷器　和瓷器里埋藏的海上丝绸之路

打捞商船　带领商船飞翔　飞向另一个天空　打捞

倭寇暗下的身影　他们战斗过一个国家的封锁

打捞背井离乡　打捞洋流和季风的躯壳　哪里有洋流

贸易的黄金就在那里点火　哪里有季风

就成为人的聚集地　打捞福船美丽的呻吟

在大风中展开"开洋裕国"的旗帜　再打捞弥漫

弥漫三只眼里大半个地球的茶香　像徒步的旅人

成为茶叶的碎片　让海浪被每一片碎片暗刻进心脏
打捞浑浊的月亮　和月亮下穿着丝绸的
五颜六色的人类　海水是一句温暖的祷告
给我们热　细腻和美　还有微笑时世界的神采

打捞碑铭中遗漏的隐语　揭开犹太人神堂盛宴的夜色
还有多少秘密站在透明的玻璃窗前　默默无语

打捞走过海面的一群牛　凝望古希腊众神的眼神
特洛伊遗址上谁看见了落日　谁就被海浪弯腰祝福
打捞柏树做成的木筏　大禹治水三年不入的木头门
今夜的海面是众魂的夜晚　海胆面色潮红
两个细长的海岸线　是我书桌前
两只高脚玻璃杯　盛满葡萄酒　修女们亲手酿造
在书桌上吐着泡沫　等待秘密的到来　再打捞
亚特兰帝斯滴滴淌落的植物　一颗巨大的眼泪
仰望月亮　那是一艘纸月亮
航行在古埃及祭司指引的一条航道上

打捞我浸透在海上膨胀的悲伤　挪动乌云
在枝繁叶茂的灰色的梦里点燃一团黑暗

打捞我的前世今生吧　打捞我身上滑落的

粗大的鳞片　我是影子　你是光

打捞我不识谎言的喉舌　在我的唇上

贴上蔚蓝的海岸　让她在太阳下

金碧辉煌　打捞我遗留在海边静默的面容

让他抽着烟　朗诵着书里涌动海水的诗句

打捞我写在海面上粗狂的字迹　我想要飞翔

但翅膀伤痕累累　打捞时钟上跑过的一架红马车

我是车夫　也是衰老的指针　在时间的内部

换回那些举起双手奔向海洋的岩石的血液　再打捞

我在海上鲸鱼一样孤独的背影　打捞我

响亮而沉重的呼吸　十多年来

放牧着自己的海豹群　和冰山相依为命

爱啊　打捞我一条回家的道路

我的家在海上　呼啸着明亮的海浪　海啊

伟大的海啊　海水多么洁白　星光多么灿烂

爱你的人多么疲倦

爱你的人多么幸福

敦煌泪

1

我的书桌上溅满血

比雪还亮的眼
在伤口处点燃一盏灯
黑夜降临成群的马匹
穿梭在时间深处

比云更白的泪
沉默的盐爬上人民头顶
古柳西山下　轻鸥
风中居住的沙漠
栖息天空的鹰
敦煌泪里的耻辱
是烙红的铁　亚洲炽热的铜
今晚压进我的心脏

一种悲伤，它在月光中等我
在柑橘花的海面等我
歌声停止吟唱

乡村停止呼吸

我疼痛的双手是双桨

划动着游进历史

我把麦地里的雪惊醒

把瓦中的菊打开

一声哭泣飞出笔端

我的书桌上溅满血

2

如果鱼纹注定要游走

如果红陶注定要碎裂

如果青砖注定要风化

如果侵略者注定

要盗走中国的宝物

让青槐再一次夹紧驰道

洞庭涨水　长风兴浪

杜鹃再一次长鸣

蝉音再一次呜咽

夏水冲天　高塔崩裂

秋色苍然　古船下沉
苍穹之下第一个流泪的
历史之上第一个死亡的
是个诗人（我情愿那是我）

血：沿着海神，火星或树枝上的路
黑暗之中白昼应声倒下
一剪寒梅刀光闪闪
风飘飘雨潇潇
露水燃遍千里　万里血光
我的呐喊站在台风的腹部
土地里的冬天要来临
我的血液要飞向天空

飞向天空　用琴
逼近自己的泪腺
我从身上卸下一把剑
一只手　一根笔
土墙之上的黄泥土将埋葬了
我披肩的长发

碧海青天　大江渐落

烛光深处的白马显眼

星辰从水中走来

胡雁哀鸣　野营万里

敦煌的剑中屈辱毕现

偌大的中国　偌急的朔风

敦煌

金字塔的朋友

山奇大塔的兄弟

世界洋中一把锡杖

一口钟

我的灵魂只有站在对岸的石上

听着微弱的国外的钟声

我的书桌上溅满血

3

爱琴海岸　优卑亚岛

《伊利亚特》的明眸下

枯枝断裂

谢里曼的庄稼葱茏

青铜雕像布满阳光掌纹

这金石并用的岛屿

丈量孤独与繁荣的羽毛

盛满月光的古镜

泪中的梦舟　　血中的睡莲

在水端舞蹈　　在历史里欢歌

飘荡的群星红果样熟透

稀疏的烽火在黄昏槽中饮马

雅典的雨滴闺里的月

巴比伦上的印章

腓巴基人的字母

克鲁伦斯的宇宙

深渊中的泰坦

奥林普斯山众神

在兰草与泥土的仲秋

鱼群般楚楚动人

4

我的书桌上溅满血

风中稻穗以单纯的成熟
楔入雁群
静静的江面解开夜里
百合的千千结
他乡生白发
含泪的敦煌把胸脯打开
杏花天影　一面漆黑的铁铧
照破天地

谁把盛满中华铜汁的碗倒空
谁让乐器中的声响　被闪电消灭
鼓声滔天　阳光暴雨样
涌入银杏菜花古槐
涌入三闾大夫泅向死亡的路
七月七　葡萄之下
谁鼓盘而歌
九月九　日月之上

谁泪如涌泉

一颗钮扣一批文书
一篮青菜五箱织绢
两枚针　十车画卷
一只鸡两尊唐塑……
中国今夜无眠
九十四年后中国土地上
一位普通的青年无眠
庭上栏下晓风关山
我反复祈祷的命运之马
今夜你踢翻了世界

5

寂静的荆扉　寂静的鸟啼
清明的细雨滴进九月
我曾经在河面上拍打翅膀
在古月与树梢间把激情
细数珍藏
虽然声音沙哑

我要哼一首北国的霜冻
夜的秀发与群羊的部落
天山的回忆和灶的气色

今晚我要走进哀怨的诗歌中
我要在徒见四壁的贫穷中
安放好我的田野与爱情
把四个季度用笔掏空
在书的额头。
倒放一把农锄
如同我的父亲
在粉笔上倒立人生

手提灯笼
从河东到河西
我要照亮手边唯一的果实
敦煌婴儿样的四肢

命中注定有人
会被聋去双耳推翻静寂
捻灭哲学与美术

古瓦之上的建筑
风雨之中的爱人

我的书桌上溅满血

6

天上的舞池熄灭
姑城的流苏火中葬身
白光　天堂或地狱
今生今世中溪水的流淌
美好的根素描的手
故国水池中谁放开春天
放开花蕾紧握的拳头

万年青绿脉中高山林立
站在天堂之下地狱之上
淋雨的人们　我看见
仲秋之月　天空的花冠
水汁的渔船失眠的独行者
静默的诗人　凄婉的早起的清晨

我看见一队人马在路中重现

我的书桌上溅满血

7

孤独是口很深的井
敦煌的月光是口更深的井
阳关的骨胳　四溅的沧桑
我把身躯束之高阁
王国篆　愚昧的罪人
失败的慷慨者
不知深浅的双眼
把中国沙中的黄金
连根拔起
我流尽身上最后一滴鲜血
也挡不住他贪婪愚昧的目光

沙漠的窗棂紧闭
大海的大门紧锁
我坐成天幕中最微弱最后一颗星

泥泞的草原　上帝的胸毛
我戴镯的双脚踩在历史石板条
岁月赤裸着站在十字架中央
这是我吗
孱弱的心灵禁不住
每一次诗歌的喘息

月光在上　诗人在下
中国在上　渔民与劳动者在下
漂泊千年敦煌的灵魂
今夜你会静穆地归来吗
以敦煌为沿
我是口很深很深的井

8

树：黑夜中停息的鸟
静止的绿色河流
飘逝后又重新出现的
太阳绿眼睛
唢呐的呜咽从乡间

滚滚而来

姐姐在桃花中

成为河的朗诵者星光的仰望者

盛大的祭祀高高的草垛

遥望敦煌者苦楚目光

九十四年前镶嵌在先人心中的图腾

飞舞的线条云霓的流光

纷纷下落的火焰花

在无边白桦林里

亚洲的爱　世界的情

请与我再一次攀登

长江黄河的脚步与梦想

黄皮肤黑头发的馒头与血液

请与我再次享受中国陡峭的夜晚

历史中响亮的耳光

群山沉默

我的书桌上溅满血

9

石头、热日、铁锤与土墙
时辰到了：神座灿烂
风餐露宿者　欧美文明中
盗窃的苦行僧
打开的洞窟伸来的童话
氏族的血源原始的栅栏
编磬的泪水又一次打湿
巨龙的赤膊汲水的春秋

击钟　舞蹈　射猎
年青的猴单臂攀树
啼叫的金鸟喑哑无声
战国中山五十五盏连铜灯
河南汲县水陆战纹铜鉴
手上升起中国现代黎明
风作展翅长鸣状
埋葬在时间林中的雨
飘不尽上下五千年

细腰　广袖　长裙
中国历史上体前倾
合掌跪拜
图腾的墨水　母权的线条
在桎梏与自由之间
殷周流淌秦唐明清流淌

10

鸟兽跄跄　八风之音
行走于水土金木之上
剑光照空：越过我
大夏之西　昆仑之阴
黄帝的手指一点
王岳横倾　四海合唱
铁的锋刃上立起一名
优秀的国家
在最广阔的生活中游泳
在最高远的天空下流泪
中国　中国
福祉布满琴弦的躯体

石油的花朵照亮中国铁矿

金雀花　驴蹄草

天庭白杨长歌不息

祖先的黄绶印带携手金杖

千秋万代的灵堂

粘着泥浆中国的蝇头小楷

半江春水　一枝灯影

重新爬上岩石的肩膀

11

同我们一起攀登和呐喊吧，兄弟

从你们赞美诗的根部开始

把你的手给我

一起来抚摸中国巨大的伤口

中国沉默的愤怒

无数个你含泪的目光会时间中流淌

敦煌的光辉

将站在中国的肩头共同照耀人类

同我们一起攀登和呐喊吧　兄弟

在人类文明的大街上，我们应该重逢
拍着彼此的肩膀。
那出卖敦煌的罪人王国篆啊，
我们只能双手合十为你丢脸的子孙祷告。
欢聚的偷盗者啊，你可明白，
那流逝海外的中国敦煌书籍，
是我书桌上的血！

是每一个炎黄子孙书桌上擦不去的血！

波涛上的朗诵者

百合花中燃烧着一座大海

一朵，两朵，一群的百合花，
站立在遒劲的树枝上。
她们呼喊，她们欢笑，她们哭泣。

当我的手指滑过她们娇嫩的肌肤，
微微的香气诱惑了我整整一生。
姐姐般的百合花啊，
为何你的消失会如此迅疾，
从此枯萎在时间的深处？

在沉默中，在大风里
我是你悄悄藏起的一座浩瀚的大海，
那里有一粒粒渔村，两个岛屿和一首歌，
那里有人死去又有人跳舞。

姐姐般的百合花，
我多么愿意成为你心脏中燃烧的大海。

一首歌足够埋葬一生的怀念

一首歌在书房响起。餐桌上的百合花突然绽放。
我取出衣橱里一件衬衫，不料它已沾染了颜色。
试穿了下，只能重新放回去
——有些美好，总是在人的意料之外被毁坏。

我一遍遍听着一首歌，在黎明尚未到来时，
安静地在黄色的灯下等待爱情阴影的降临：
它是那么柔软，又是那么艳丽。
也许，一首歌就可以弥补了爱情的缺憾，
足够埋葬好一生的怀念。

致恩师郑振飞：空出的虎穴

你是带领我艰难中穿越青春和荒凉的一个人
你是行动的风　在风中把建筑与诗歌推向更远的远方

你是黑夜里用力一点点举起了光亮的一个人
你把我们命运改变了又躲在沙发上嘿嘿直笑

你是在一所大学的往事里可以怀念的一个人
你喊过："只有折断的翅膀　没有折回的路程"

你是沉默中搬走无数学生肩上石头的一个人
你曾经把黄金拒绝　把寒冷的心照耀得迎风怒放

你是我独自在北京动物园最为挂念的一个人
你让我看见空出的虎穴霎时呆在如水的人海中

你是让我在空出的房间里不断徘徊的一个人
你一边是中华烟　一边是铁观音　可手不在房间

你是手拽海水退潮筋骨里藏住老虎的一个人
你挥挥手默默要挥去那种在花瓣额头下的阴影

你是在苦与乐倾盆大雨中仰天傲立的一个人
你转过身去的寂静吹动了天边白云新鲜的斑纹

张鼎丞：铁血的风采

很久以前，有一种声音会飞翔
飞翔在土楼千年的沧桑中
很久以前，有一种声音会思念
思念着土楼英雄的儿子张鼎丞

有人说，这种声音有血，血液里充满养料
有人说，这种声音有泪，泪花就可以充饥

就是这种声音　你一听见就会骨头坚硬　热血沸腾
仿佛在历史的深处看见革命的涟漪

就是这种声音　你一看见就会手臂强健　壮志凌云
仿佛无穷的力量推你去斩断封建的枝条

这是怎样的声音啊，会在月光下舞蹈
会在大风中歌唱
会站上土楼的头颅抚摸出滚烫的名字

这是怎样的声音啊，会在土壤里栽出黎明
会在黑暗中透出芬芳
会率领农民暴动如同风暴看见了大海

有人说，这种声音有铁，铮铮铁骨压弯侵略者的脊梁
有人说，这种声音有火，熊熊火把燃烧着黎明的曙光

在这个秋天，土楼里有一种声音会飞翔
飞翔在土楼千年的沧桑中
在这个春天，土楼里有一种声音会思念
思念着土楼英雄的儿子——英雄张鼎丞

悲歌：苦难的大地

据《参考消息》1994年7月30日报道，卢旺达自4月7日以来，代表胡图人利益的政府军与以图西人为主的爱国阵线重新开战，并很快演变成全国规模的种族大屠杀。难民人数激增至400万。

一、一名妇女终因乏力倒在回家的路上

家 十画笔画是朝向天堂的十个手指
十个哭泣孩子寻找的母亲
她倒在1994年7月30日《参考消息》的第2版上
女人 因乏力倒在回家路上的女人
是什么挡住了你走回家的路
是什么绊倒了你的魂灵
是什么在人类的天空中如F16战斗机样
轻易截走了你的生命

八百里草地今日无雨
三千顷大海大浪滔天
天空中依旧流动着灯盏 白云与天使
夏天的烛火还在人群头顶燃烧
血迹累累的大地

何时才能长出和平的希望

当地狱之门卡住一个女人十个手指的时候
难民篷多了一个中国青年
开在黑夜之中的泪水

二、难民饥渴难忍，只能从漂浮腐尸的河中取水

别再打水　别在这河中打水
我的同胞　别
我的千里江南会哭
我的万里长江会哭

一声振动穿过儿女情长
深入诗歌的内伤
水　天空垂落的秀发
彩云脉脉含情的歌曲
千万年来提着灯笼在人间走动
取到水　占有水
本是天经地义的事
我一伸手就可以从身边的古书里

取出哗哗水声

如今　炸弹使水源夭折
阳光把河水一滴滴砍死
卢旺达百姓的手心
盛不住一星点的岁月
家园中枪声末梢长满泪痕
绑在生存屋檐下的一束希望
被水哗啦一声劈成两半

大地　苦难的大地
人类　居住在同一屋中的人类
从叫做战争的鞘中拔出
杀气腾腾砍向你右手的刀
正是你的左手

三、在满地的尸体旁，妻子在丈夫怀里活活饿死

作为妻子　夫君
我将怎样感激你
我还能在你的温暖与芬芳中停留多久

作为一个女人　夫君
这是我最后最好的归宿
命运的海在我的皱纹中流淌
我只是一艘小小的纸船
注定要从水中飘走

我本是尘土　夫君
四月　五月或今年的七月
战争的火焰吞灭了我们的家园
和我们合二为一的躯体
我可以歇一歇我本虚弱的身子吗

我们终于爬上苦难的山头
把欢笑珍藏　把沧桑尽收眼底
夫君　我已收拾好往事
和我们同在的美好日子
这是为你留着过冬的唯一粮食

如果你还活者　夫君
请告诉那位在一间陋室
为我们流泪写诗的中国青年

不要诅咒战争　暴力永远是苍白无力
在我死去的肉体上
有着傲视战争的力量与勇气
爱情使我有着纯洁的微笑
一个女人永恒的美丽

燃烧的火烈鸟

在非洲，有这样一种鸟，素有"礼仪小姐"美称，意味着"心酸的浪漫"，因其在恋爱期间由粉白色变为火红色，故称火烈鸟。

肯尼亚纳库鲁湖的火烈鸟闻名世界，被誉为"火烈鸟的故乡"。据说，一大批火烈鸟曾连续神秘死亡。因一群志愿者的努力，湖里已聚居着300多万只粉红色的火烈鸟，一只只的火烈鸟或在空中自由飞翔，或在湖畔引吭远眺，构成一幅幅粉红色美丽的图画。

下面，请倾听一个因为挽救火烈鸟而离开爱情、离开故土的老环保志愿者，与他二十年前的初恋恋人在纳库鲁湖边倾诉一生的回忆。

女：那是一个大雨倾盆的夜晚，你从黑暗中出现，在我的楼下深情呼唤我的名字。你说，那个冬天很冷，很冷，你只能用我的名字取暖。

男：那是一个怎样冰冷的夜晚啊。整个夜晚，我一直徘徊在你的楼下。可是，我等不到你的呼吸，你的心跳了！难道你真得忘记了那些刻骨铭心的日子？忘记了我们曾经经历的一切？

女：不，你知道那个夜晚我又是怎样度过的吗？无法停止的泪水在我眼中汹涌而出。其实，我也很后悔，我真的不知道错过了那个夜晚，就错过了整整一生！但是，我很清楚我所有的努力在那时都将是徒劳。因为，你的梦中有着一只哭泣的火烈鸟！

男：是啊，黑暗中，我的梦里有一只哭泣的火烈鸟，她在我耳边哀鸣，在我的灵魂深处徘徊不去，那哀怨的眼神穿越千山万水，让我无路可逃。

女：当天还是蓝的，当幻想还是幻想的时候，你残忍地走了，对我没有一点点的眷恋。我知道，我平凡生命中一次辉煌的燃烧已永远成为历史；我还知道，你的生命不会只属于我，而属于整个世界、整个大地，属于那些哀鸣的火烈鸟。

男：可是，你知道吗？当我得知你成为别人的新娘时，我在湖边疯狂奔跑，用嘶哑的声音向着远方呐喊。你又怎能看见，无限的惆怅是如何写满我的心房？你又怎能听见，整颗心慢慢裂开的响声啊？为了火烈鸟那一刻哀怨的眼神，我用尽了一生，这值得吗？我好后悔，我真的不知道错过了那个夜晚，就错过了整整一生！

　　女：而现在，二十年了，一切都已如烟逝去。我青春的光泽已经消失了，美丽的容颜就像湖边的落叶，在风中悄悄地滑落。

　　男：在我的心中你依然那么美丽。整整二十年了，我也老了，只能坐在湖边倾听火烈鸟欢乐的鸣叫，看看它们，仿佛就看到自己的老朋友啊。

　　女：二十年了，你还是那么固执、那么倔强、那么辛苦，你还是无法割舍下火烈鸟？

　　男：这燃烧的火烈鸟呀，是我无法回去的故乡，是我红艳艳的一去不回头的青春，是我红艳艳的泪满胸襟的生命，更是我红艳艳的柔肠寸断的爱情。

　　女：既然每一片树叶都会落入秋天，既然每一个白昼都会走进夜晚，既然每一种人生都会滑入死亡的洞口，你看，湖面上有着永远属于你的火烈鸟，那燃烧的火烈鸟，那一整片一整片燃烧起来了耀眼的红。那是属于你的红！

男：这锋利的红啊，红得辽阔。这些汹涌的红色音符，仿佛宇宙中庞大的交响乐团，轰鸣着人生的寂寞！这红清晰地告诉我，一个男人，应该怎样直面孤独，怎样找寻生命中的壮丽与伟大，又该怎样坚韧追求着内心宽广的歌声！

女：这岁月的红啊，红得光明。你看，火烈鸟突然腾空而起，冲向天空飞舞，红练一般。几百万点红高举着沉默的旗帜，骑着碧绿的湖水，逼你看见自己的卑微，逼你怀念人间的牵挂，逼你流下幸福的泪水。

男：她们可以在寒风里被伤害。

女：她们可以在密云中被抛弃。

男：但她们的身影清晰地告诉我们：

女：有过一次心甘情愿的沉醉，就可以一辈子安享粗茶淡饭永不后悔；

男：有过一次响彻云霄的歌唱，就可以一辈子埋藏好千言万语等你归来；

合：有过一次轰轰烈烈的爱情，就可以和你一起倾听二十年前的心跳，一起看着这群红艳艳的火烈鸟，齐齐燃烧在非洲的天边。

在大雨中劈啪作响的勇士
——献给98洪水中永生的高建成烈士

全部的生者在水中打量
在互相热爱的面容间焦急等待
1998年8月2日　晨曦降临
多么残酷而又浩荡的风云

大水在人间画着灾难的图案　更深处
星光汹涌的百万雄师苦战不止
一排排军队用血肉之躯排成滚烫的号角
响彻着历史深处人的光荣

而大水中央　一个世纪的涌动如雪雨纷纷
巨浪的双手推动泥沙　路桩与泪水
那些水中的救身衣　一段软木或者一棵树
它们在何处

已经多日劳累的你　飘了80多米
连连救上数人的你
是否拉住了生命脆弱的纤绳
雨水中我们的清晨已经上升
在这曙光中　坝堤抬起头齐齐看去
而后眼含热泪屹立

咆哮的洪水依然在距离决口3公里处

静静躺倒的你　在这个日子

在无数人悲哀的注视中走上天空

天上有何种缤纷　有水灾吗

我无法看清水里的景色与天上的黄昏

甚至无力一边看水一边洗去怀念

你的身躯　水中的黑点

行散的大风中我的黑夜又满又沉

此刻　烈士　你的亲人　包括一群白鸟

喊着你的名字　他们站在中国广阔的土地上

在这花朵与灾情高悬的八月

打开诗歌　在雷声沉闷的伤口里

打开潮湿的汛情和亮在四处的期盼

一方有难八方支援

打开如同初恋一样的洁净

打开海洋　你正是青春年华

可又是历尽沧桑　成为脊梁中的脊梁

以水为家　代替以水为墓

在命运的广场上　你一个人举起的热血
映照着重建家园的道路

如果可以　我愿意坐在咆哮的水上
脱下满身书香　换来一身泪水
我将在一个个茫茫黑夜里
用目光所及的一望无际的疼痛
用横陈万里的漂流的心灵们
在人水里写着：英雄

而后一手牵着你四岁的女儿
再背起你年近八旬的老母亲
高建成　我们再回到人间
回到对面是山　是生养之地
背面是草地　是一世眷恋的故乡

创作谈：为飞翔和爱而写作

为飞翔和爱而写作

听母亲说，在我出生的时候，有一只白鸟受伤，飞到即将临产的她的脚下，被她救后，大哥将它医好放飞。

也许，这意味着我的宿命。必须飞翔在混杂的生活之上，必须持久地寻找飞翔的理由、飞翔的力量。必须飞过浩瀚的大海、高耸的山峦。必须在飞翔后找到栖居的鸟巢和清洌的水塘。

而在我的家乡福建省霞浦县，如果去购买笔架螺你要么买要么不买，不允许讨价还价。不能讨价还价，是人们表达对生命敬畏的一种方式。因为采摘这螺很危险，它强力附着在大浪拍得到的礁岩缝隙里，是渔民用命换来的。

同样，诗人就是写作中用命换螺的渔民。写诗于我，如同缓慢培育海里的红珊瑚，先把词语在海水里泡三次，再浸到自己的血水里泡三次，让它变形、龟裂、粗粝，呈现出新的速度、密度和弹性，一粒一粒结在诗歌遒劲的枝桠上。卡夫卡说："反对大海，也就是反对自己的生活，因为人也只不过是这样一个可怜的珊瑚。所以，我们只能拿出耐心，无言地吞下往上涌的强烈的黏液。"我写海洋诗，也许就是这些"往上涌的强烈的黏液"，是我尝试打开无数波浪汹涌的头颅时，突然呈现的、照亮我灵魂的万丈星光。

我10岁左右上初中时，班上一位海边居住的寄宿生与我玩得很是投缘，我们经常一同谈论海，感受海洋的美丽景色。可有一天，一件事迅速打破了我们无忧无虑的生活：他的父亲出海遇难了，连尸骸都找不回来。他不得不辍学。临走时面目消瘦的他送了我一张照片，我永远无法忘记他离去时悲伤的脸。这是我第一次认识了死亡并且同时是来自大海的死亡！

在我的少年暑期，15岁那年，我瞒着家里骑上自行车，花了3个多小时来到海边的亲戚家（我那时没有路费）。当天晚上就随船出海。这渔船小得可怜，加上船老大只有5人。奇怪的是我虽第一次出海，但并不晕船呕吐。这种亲身体会对我的影响是巨大的。在这十余天的海上航行中，我深刻感知到海的力量：海上日出，海星星，岛屿，水手……由于船小，每到浪大些，船摇摆不定，海水常与船沿平齐，或溅到船舱里。海上接近死亡的壮丽与凄美，巨大持久的孤独等无不令我刻骨铭心。并且当我回来之后，还险些掉进海洋，幸亏旁边的水手眼疾手快一把把我拉住……

目前为止，我对海洋文化思考中面对的最为深刻的体验，那就是在非洲的马拉勃和巴塔看海。当我在非洲的马拉勃看无比美丽的大西洋，在巴塔海边从深夜走到黎明，在几千只蝙蝠的犀利叫声中感受那疯狂的海洋时，我突然清晰地、切肤地看到了一个世界只有一个海洋，海洋的伟大是因为他带给人类无法阻隔的交流。再看到清晨时分黑人驾船出海，点点白帆洒落在大海上，那天，我在日记本中写下了这样一段话："海洋对我最大的意义就是伟大的交流、永恒的家园和心灵的居所。"

于是，我拨开生存之后有限的精力，以诗歌为载体，倾注着我的热爱、我的苦楚和我的盼望，让它们成为一粒粒如同悬挂在时间之树上的红果子，一滴滴滴进灵魂的海水。我对自己说，"如果特雷莎修女是上帝的一支铅笔，我就尽量成为从霞浦下村飞出的一只含泪飞翔的白鸟。"

在我生活的世界中，依旧有着战争、苦难、不公与贪婪，有各种力量如同大水中的鲢鱼，毫无顾忌地吞食着本属于他的利益，最终成为面目可憎的怪物。而我，希望自己活在一个和平、温暖的家园中。但愿，诗歌是我朝向希望的一种手势，是我们温暖心灵家园的一束阳光，更是一首绵长不绝的爱之歌。

仅仅"荷马史诗"中的"阳光融入海水"这一意象，就构成了整个文学史中的明亮。"写作发自骨髓，诗歌十指连心"。回到我的写作，我的诗歌只是一种开始、一种实验、一种尝试。

图书在版编目（ＣＩＰ）数据

隐约看见大海的颤动 / 张幸福著. –– 武汉：长江
文艺出版社，2016.12
ISBN 978-7-5354-9201-2

Ⅰ.①隐… Ⅱ.①张… Ⅲ.①诗集－中国－当代
Ⅳ.①I227

中国版本图书馆CIP数据核字（2016）第255289号

责任编辑：沉 河 谈 骁　　责任校对：陈 琪
装帧设计：苏笑嫣　　　　　责任印制：左 怡 胡丽平

出版：长江出版传媒　长江文艺出版社
地址：武汉市雄楚大街268号　　邮编：430070
发行．长江文艺出版社
电话：027—87679360
http://www.cjlap.com
印刷：三河市宏顺兴印刷有限公司

开本：640毫米×970毫米　　1/16　印张：18.25　插页：2页
版次：2016年12月第1版　　　2016年12月第1次印刷
行数：5781行

定价：38.00元